Mighty Warrior
영웅병사

FANTASY FRONTIER SPIRIT

이충민 판타지 장편 소설

영웅병사 4

이충민 판타지 장편 소설

초판 1쇄 찍은 날 § 2014년 2월 14일
초판 1쇄 펴낸 날 § 2014년 2월 21일

지은이 § 이충민
펴낸이 § 서경석

편집부장 § 권태완
편집책임 § 이효남

펴낸곳 § 도서출판 청어람
등록번호 § 제1081-1-89호
등록일자 § 1999. 5. 31
어람번호 § 제1-1784호

주소 § 경기도 부천시 원미구 부일로 483번길 40 서경B/D 3F (우) 420-822
전화 § 032-656-4452 팩스 § 032-656-4453
http://www.chungeoram.com
E-mail § chungeorambook@daum.net

ISBN 978-89-251-3732-2 04810
ISBN 978-89-251-3595-3 (세트)

이충민 판타지 장편 소설

Mighty Warrior

영웅병사

FANTASY FRONTIER SPIRIT

청어람

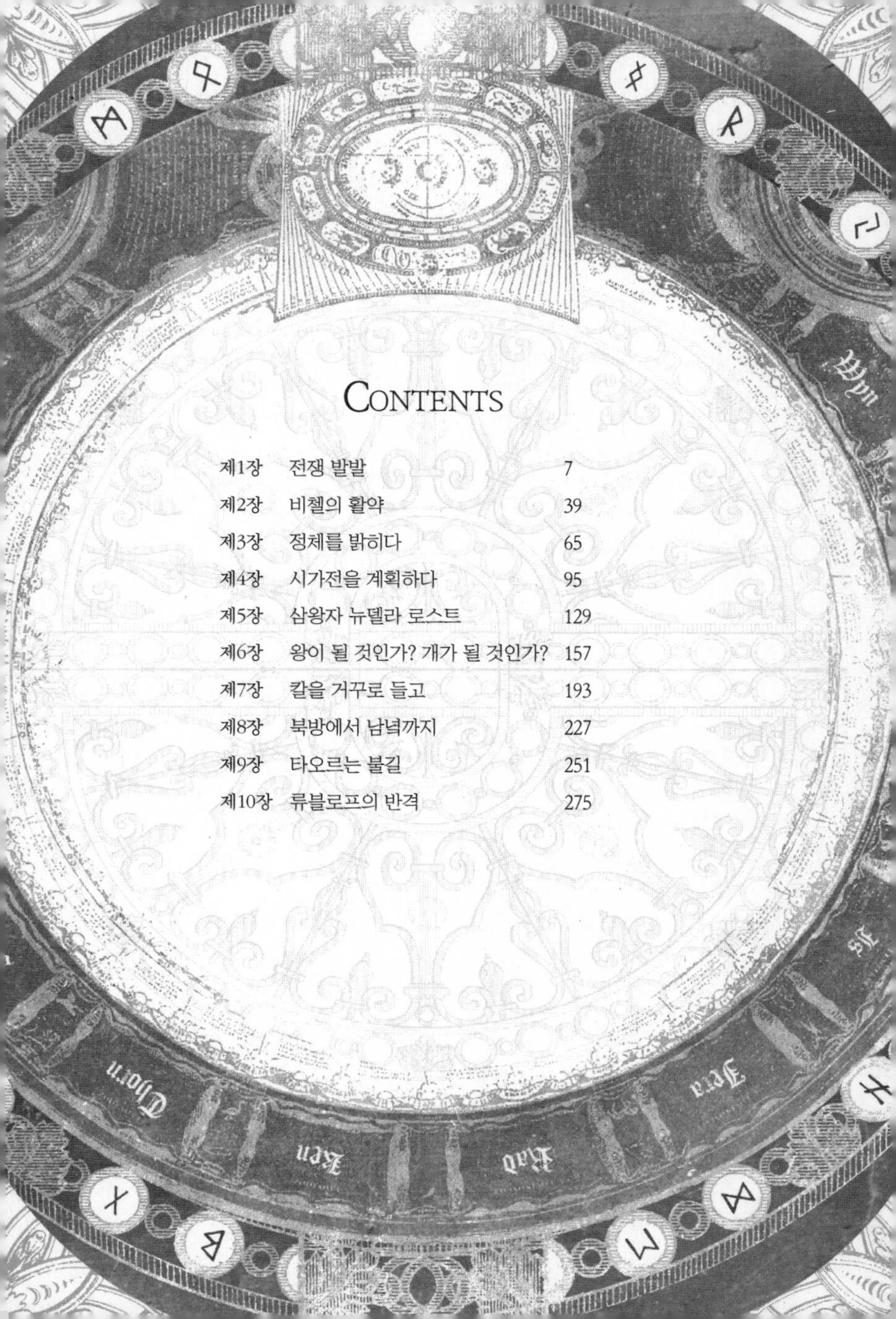

Contents

Chapter 01
전쟁 발발

둥. 둥. 둥.

황량한 벌판으로 길게 늘어서며 진군해 오는 붉은 제국의 병사들.

타오를 듯한 붉은 깃발이 거세게 나부끼고 북소리가 장엄하게 울려 퍼진다.

상기된 표정의 비첼.

마치 개미떼처럼 보일 정도로 벌판을 꽉 메운 군사들의 모습은 심장을 뛰게 만드는 강력한 마력을 갖고 있었다.

전쟁의 향기가 짙게 풍기다 못해 진동을 한다.

'내 길은 결국 전쟁인가.'

괜히 그런 생각이 든다.

연락이 끊긴 남부의 사정을 알기 위해 시작했던 일이, 백색의 방을 거쳐 먼 타국인 이곳, 전쟁터 한가운데에 오고 말았다.

남들이라면 어떻게든 피하고자 하는 곳이 바로 전장.

지옥 같은, 괴물 같은.

그런 전쟁에 비첼은 또 한 번 스스로 뛰어들었다.

우우. 우우우우.

괴이하기 짝이 없는 울림.

수만 명이 동시에 내는 음울한 목소리는 이쪽의 사기를 완전히 떨어뜨렸다.

처음 적이 모습을 드러낼 때만 해도 소란스러웠지만, 지금은 오히려 침묵에 가까웠다.

성벽 위의 병사들 사이에는 아무런 대화가 오가지 않았다.

꿀꺽.

그저 마른침만 삼킬 뿐.

"모두 위치로! 각자 자리만 사수하면 된다! 곧바로 전쟁이 일어나지는 않을 것이다!"

연합군 사령관 척 모리스의 외침이 울렸다.

마나를 이용해 목소리를 증폭시켰는지, 성내에 그의 목소리가 닿지 않는 곳이 없었다.

"저들은 이곳까지 행군하느라 상당히 지친 상태다. 곧바로 공격을 시작하지는 않을 것이니, 모두들 결코 두려워 말고 위치만 지키도록 하라! 에르테넨은, 그리고 우리 남부 도시 국가 연합은 절대로 개돼지 같은 제국에게 굴복하지 않으리라!"

마나를 쓰는데도 불구하고 척 모리스는 목에 핏대가 설 정도로 바락바락 소리쳤다.

척 모리스의 말에 잔뜩 두려움에 질렸던 병사들의 표정이 조금씩 풀렸다.

당장 전쟁이 일어나지는 않을 것 같으니 약간이나마 편안해지는 것이다. 하나 비첼의 얼굴은 오히려 전보다 딱딱하게 굳었다.

"아니야……."

비첼의 중얼거림.

"음? 너 뭐라 했냐?"

그런 중얼거림을 십인장 허셀이 들었다.

바로 옆에 있던 두 명의 신병도 듣지 못할 정도로 작은 중얼거림이었다. 한데 꽤 거리가 떨어져 있던 허셀이 들었다.

비첼의 눈에 이채가 서렸다가 사라졌다.

"어이, 신병 로무. 뭐라 중얼거렸냐고."

허셀은 단 한 번 이름을 들었을 뿐인데, 정확히 이름을 기억하고 있었다. 비첼은 한낱 십인장에 불과한 허셀이 의외로 만만치 않은 사람임을 느꼈다.

이럴 땐 솔직히 속내를 털어내는 바가 좋았다.

"곧바로 전투가 시작될 겁니다."

"……."

"뭐라고, 이 새끼야? 네가 뭘 안다고 지껄여?"

비첼은 침묵했다. 대신 비첼을 데리고 왔던 선임 병사의 표정이 험악해졌다.

비첼의 말에 성벽 위에 있던 병사들이 눈에 띄게 동요했다.

비첼은 차분한 목소리로 입을 열었다.

"우리 측에서 분명 척후를 보냈을 것입니다. 적이 어디까지, 그리고 어느 정도 병력인지 확인하기 위해 정찰을 말이죠."

"그래, 새끼야. 정찰을 보내는 거야 오늘 아침에도 말 탄 양반들이 성 밖으로 나간 걸 내 눈으로 봤다."

"근데 적군이 여기까지 올 동안 정찰을 나갔던 척후들이 돌아왔습니까?"

"……."

순간 선임 병사의 얼굴이 멍한 표정이 되었다.

비첼의 말대로 밖으로 나간 정찰병들을 보긴 했으나, 들어오는 모습은 보지 못했다. 오늘 성벽 경계를 맡은 부대가 바로 자신들의 부대였기에 안 보려고 해도 볼 수밖에 없는 상황이다. 그런데 정찰을 나갔던 병사들이 돌아오는 모습은 보지 못했다.

비첼의 목소리가 싸늘해졌다.

“당연히 돌아오지 않았겠죠. 모두들 죽었을 테니까.”

“그러니까 무슨 소리야?”

“척후를 나갔던 정찰병들이 돌아오지 않았다는 건, 나갔다가 죽었다는 겁니다. 상부에선 이런 사항까지 말하지는 않았겠지만……. 하여튼 죽었다면 당연히 정찰병들을 발견한 제국군이 죽였을 테죠. 근데 왜 굳이 단 한 명도 살려두지 않았을까요?”

“그거야 적이니까 그렇지 않냐?”

“정찰병들은 애초에 적들을 발견하면 관찰만 하고 돌아오면 그만입니다. 멀찍이 떨어져 관찰을 하고 곧바로 뒤로 내빼면 무사히 에페르넨으로 돌아올 수 있죠. 적들이 끝끝내 추적하지 않는 이상 말이죠.”

“그렇지.”

선임 병사가 고개를 끄덕였다. 어느덧 허셀도 비첼을 바라보며 귀를 기울이고 있었다.

“한데 돌아오지 못했습니다. 즉, 적군이 우리 측 정찰병을 발견하고 어떻게든 죽였다는 얘기입니다. 마법을 쓰든, 기사단을 보내 추적을 하든, 일부러 정찰병이 돌아가지 못하도록 죽였다는 얘기입니다. 왜 그래야만 할까요?”

“……!”

선임 병사의 입이 쩍 벌어졌다.

비첼의 말처럼 이상한 점을 느꼈기 때문이다.

정찰병에게 위치를 숨기거나 병력 규모를 숨기기 위해 끝까지 추살하는 거야 당연하다. 하나 보통은 그렇지 않다.

정찰이란 게 보통 말을 타고 멀리서 관찰만 하고 돌아오면 되는 일이다. 걸릴 일도 없을 뿐더러, 걸린다고 해도 말을 타고 도망치니 손쉽게 벗어날 수 있다.

근데 그 정찰병들을 끝까지 추적해 죽였다.

즉, 숨길 게 많단 얘기다.

무엇을 숨기나?

위치, 그리고 병력 규모 등.

그럼 그것들을 왜 숨기는가.

위치를 알면 언제쯤 전투가 일어날지 짐작을 할 수가 있다.

그러면 미리 충분한 대비를 하고, 사기를 북돋고, 여러 작전을 구체적으로 짤 수가 있다.

"아!"

"미친!"

그제야 병사들의 얼굴이 새파랗게 질렸다.

"준비할 시간을 주지 않기 위해서?"

"그렇습니다."

비첼이 고개를 끄덕였다.

지금까지 무덤덤하기만 했던 허셀의 얼굴도 눈에 띄게 굳어졌다.

충분히 적들에 대비하고 준비할 시간을 주지 않기 위해서!

그 이유 때문에 정찰병들을 모조리 죽인 것이 아니겠는가?

실제로 비첼의 의견은 타당했다.

비록 수뇌부와 연결고리가 없어 상황이 돌아가는 걸 확인하진 못했지만, 여러 전투를 경험했던 비첼은 거의 정확하게 상황을 분석하고 있었다.

며칠 전부터 연합군이 보냈던 정찰병들은 단 한 명도 살아 돌아오지 못했다. 그래서 제국군이 어디쯤인지, 그리고 어느 정도의 규모인지 확실히 파악한 바가 없었다.

"젠장……."

허셀이 탄식했다.

"당장 싸움 나겠군. 시팔……."

준비할 시간을 주지 않기 위해서, 귀찮음을 무릅쓰고 정찰병들까지 다 죽인 제국군이다. 근데 그 제국군이 여기까지 와서 준비할 시간을 주겠는가?

아니다. 당장 전투가 벌어지리라.

비첼은 그걸 지적하고 있었다.

비첼의 예상은 빗나가지 않았다.

어느 정도 거리를 좁혀온 적들은 막사를 펴지도 않고 곧바로 대열을 정비하고 있었다.

그 모습에 성벽의 병사들이 일제히 당황했다.

"저 새끼들 대열 맞추고 있는데?"

"야, 잠깐만. 쟤들 당장에라도 달려들 것 같아."

"저기 봐, 저기! 저기 투석기 조립되고 있잖아!"

눈이 유난히 밝은 병사가 외쳤다.

그 외침은 술렁임 가운데에도 또렷했다.

과연 병사의 외침대로 적들이 투석기, 아니 제국만이 소유한 트레뷰셋이 조립되고 있었다.

그 숫자만 물경 오십대가 넘어갔다.

성안에 있는 연합군의 투석기보다 성능이 뛰어난 트레뷰셋은 사정거리가 월등했다.

연합군 측 투석기의 공격이 닿지 않을 곳에 세팅이 되어 돌을 날린다면 피해는 만만치 않으리라!

"모두 전투 준비! 전투 준비! 궁수들은 각자 위치에 대기하라! 뭣하느냐! 어서 투석기를 준비하고, 돌을 날라라! 뜨거운 물도 성벽 위로 올려!"

성벽 곳곳에 배치된 기사들이 목이 터져라 외쳤다.

천인장 직책을 수행하는 기사는 성벽에만 7명이었다.

지금 성벽 위에 있는 병사들의 숫자는 총 7천이다.

성이 크지 않아 5만에 달하는 병사들을 제대로 다 활용할 수 없는 치명적인 단점이었다.

물론 병사들의 피로를 비롯한 사기관리에선 유리할지 모르지만, 적들의 군세는 물경 10만에 이른다.

5만의 병력을 가졌음에도 7천으로만 상대해야 하는 일은 안타깝기 짝이 없는 일이다.

"어서 움직여!"

허셀도 소속 병사들을 닦달했다.

비첼이 소속된 44백인대 3십인대에는 세 명의 궁수가 있었다. 그들은 긴장된 빛이 역력한 얼굴로 활에 화살을 먹이고 자리에 배치됐다. 그 옆으로 3명의 창수가 창을 꼬나 쥐고 성벽에 몸을 숨겼다.

"뭣해! 너희들은 당장 돌이라도 들고 날러!"

허셀이 비첼을 비롯한 신병 어람과 코펩에게 추상같은 명령을 내렸다.

비첼은 어람, 코펩과 함께 계단을 타고 밑으로 내려갔다.

그리고 한 무더기 쌓아놓은 돌이 든 바구니를 힘껏 들어 올렸다.

"끙!"

"헉, 그게 그리 가볍게 들릴 게 아닌데?"

가벼이 들어 올리는 비첼의 모습에 어람과 코펩의 눈동자는 화등잔만 해졌다.

돌이 가득 쌓인 바구니의 무게는 보기만 해도 상당했다.

그 증거로 어람과 코펩은 바구니 하나를 둘이 끙끙거리며 같이 들어 올렸다.

"허. 힘 한번 장사군."

"원래 이런 일 했었나 보오?"

"어서 올라가죠."

비첼은 쓰게 웃으며 성큼성큼 걸었다.

성벽의 높이는 대략 8미터.

그곳까지 올라가는 계단은 험준하기 짝이 없을 정도로 경사가 크다.

그것을 가뿐하게 올라가는 비첼의 모습은 마치 깃털처럼 가벼워보였다.

어람과 코펩의 얼굴에 감탄이 어렸다.

"용병 출신인가?"

"보아하니 우리처럼 끌려온 게 아니라 스스로 들어온 사람 같은데. 그래도 그렇지, 힘이 정말 장사군. 보기와는 다르게 말이야."

감탄도 잠시, 어람과 코펩은 힘겹게 계단을 올랐다. 그런 와중에 비첼은 한 번 더 내려와 바구니를 들고 같이 계단을 올라갔다.

그런 비첼을 보고 어람은 질린다는 표정을 지었다.

성벽 위는 부산하기 짝이 없었다.

곳곳에서 돌과 펄펄 끓는 물이 가득 담긴 화로가 계단을 올랐다.

깃발이 성벽 곳곳에서 나부끼며 신호를 전하고, 전령들이 바쁘게 뛰어다녔다.

"적들이 사신도 보내지 않는 것인가?"

제국군을 바라보는 척 모리스의 낯빛이 어두워졌다.

"그럴 리가요. 항복 권유하는 사신이야 전쟁에서 늘 있는 절차 아니겠습니까?"

"아니다. 과거 로스트를 정복할 때도 놈들은 항복 권유를 하지 않았던 적이 제법 있었다. 또 로스타시를 공략할 때도 항복 권유를 했단 말이 있었느냐?"

"……."

부관이 꿀 먹은 벙어리가 되어 입을 다물었다.

"제국군은 그야말로 파격이다. 지금까지 기록된 제국의 최근 전쟁을 살펴보면 파격의 연속이다. 대표적으로 카이로가 있지 않느냐. 천혜의 방어막인 뮌센 강을 얼려 버리고, 수년 전부터 잔뜩 침투시켰던 첩자들의 힘만으로 절대로 무너졌던 적 없던 천혜의 요새를 무너뜨리기도 했다. 그런 제국군을 상식으로 상대해서는 안 돼."

척 모리스는 단호한 결의가 어린 눈빛으로 제국군을 노려봤다.

제국은 전국시대 때부터 통일을 위해 수없이 싸워왔던 나라다.

제국의 초대황제에 의해 통일이 된 이후로도 로만 정복, 로스트 정복 등 수많은 대규모 전쟁이 잇달아 벌어졌다.

붉은 제국은 전쟁국가다.

전쟁으로만 평생을 살아온 병사들이 득실거리는 전쟁의

나라!

그런 나라를 상대로 싸워야 한다.

그저 상업으로만 나라를 부국으로 만든 도시 국가들이…….

"하나 우리도 밀리진 않는다. 이미 이곳엔 몇 년은 버텨낼 수 있는 군수물자가 비축되어 있다. 뿐인가? 우리 병사들의 장비를 보라! 날카로운 칼날과 예리하기 없는 창끝! 그리고 번쩍이는 갑주를 보라!"

"그렇습니다. 우리 병사들의 경험이 부족하다고 해도, 장비만큼은 제국군에 결코 뒤지지 않습니다. 아니, 오히려 일반 병사들은 우리가 더 낫습니다."

부관이 맞장구를 쳤다.

척 모리스의 자신감 넘치는 목소리에는 충분한 이유가 있었다.

재화가 넘치는 도시 국가 연합은 이번 전쟁에 사활을 걸었다.

왕실 재산을 탈탈 털고, 뿐만 아니라 대상인들도 그들이 가지고 있는 부의 일부를 기부하다시피 도시 국가 연합에 쏟아부었다. 그 덕분에 지금 연합군의 무장 상태는 말 그대로 최정예나 다름없었다.

보통 가죽갑옷이나 천갑옷만 입는 경보병의 비율이 줄고 철갑을 두른 중보병들이 대부분의 병력을 구성하고 있는데 오죽하랴!

매일 같이 영양을 꽉꽉 채운 식사는 병사들의 힘을 북돋아 주고 있었다.

오히려 연합군이 제국군보다 월등했다.

"더구나 놈들도 제국의 진짜 정예들이 아니다. 로스트인들로 구성된 병단이 주축이야. 병사들의 질적 수준만 따진다면 차이가 없다. 오히려 무장 상태가 완벽한 우리가 유리해."

"더구나 숫자에서도 밀리지 않습니다."

현재 순수 연합군 병력만 해도 5만이다.

이 숫자는 도시 에페르넨이 수용할 수 있는 병력의 한계일 뿐이다.

당장 시민의용군을 조직하고 얼마 안가 나머지 도시 국가에서 도착할 지원군들을 생각하면 십만이란 숫자는 아마 가뿐히 넘으리라.

그렇게 생각하자 척 모리스의 눈에서 빛이 흘렀다.

"이길 수 있는 전쟁이다."

결코 두렵기만 한 제국이 아니다.

충분히 이길 수가 있는 전쟁이다.

붉은 제국이란 넉자의 이름에 겁을 먹을 필요가 하등 없다.

그렇게 전쟁을 준비하는 그 순간.

뿌우우우우.

우렁찬 뿔고동이 울렸다.

그리고 소리를 기점으로 대열을 정비하던 병사들이 일제히 성벽을 향해 돌진해 왔다.

* * *

"시팔. 온다, 온다!"

병사 중 누군가 소리쳤다.

붉은 파도가 거침없이 덮쳐들었다.

메마른 황야에 쏟아지는 붉은 물결은 순식간에 벌판을 꽉 메우며 성벽을 향해 무차별적으로 돌진해 오고 있었다.

"궁병대, 사격 대기!"

기사의 외침과 신호를 알리는 깃발이 거세게 나부낀다.

그러한 모습에 비첼은 다행이라는 듯 고개를 끄덕였다.

제법 신호체계가 공고했다.

모든 신호를 약속하고 깃발을 흔들어 성벽 곳곳으로 신호를 전하니 병사들의 움직임도 상당히 신속했다. 대부분이 전쟁을 경험하지 못한 병사들임을 생각하면 놀라운 모습이다.

비첼도 성벽에 바짝 달라붙어 상황을 유심히 지켜봤다.

적들은 무차별적으로 돌격해 오면서도, 제법 대열을 유지하고 있었는데 그 모습이 과연 장관이었다.

로스트인들이 주축인 병력임에도 불구하고 대열을 맞추는 모습을 보니 붉은 제국의 명성이 새삼 대단하다 느껴져 비첼은 씁쓸해졌다.

고작 몇 개월만으로 신병들을 저런 정예로 만들다니…….

'아니. 완전 정예는 아니다.'

비첼이 눈을 빛냈다.

로스트인들로만 구성된 오합지졸 병사들로 저 정도 대열을 유지하는 것은 과연 대단한 일이다. 하나 그것은 바로 '공포' 에 있었다.

비첼의 시선이 병사들을 뒤에서 쫓듯이 말을 타는 기사들에게 닿았다.

마치 양치기 개가 양떼를 모는 듯한 모습이었다.

다음 이어지는 모습은 너무나 참혹했다.

비첼의 눈동자에 차마 더 뛰지 못하고 공포에 털썩 주저앉는 인영이 비쳤다. 그 순간 거칠게 말을 몰던 기사가 무참하게 칼을 휘둘렀다.

"으아악!"

서걱!

병사의 비명은 오래가지 못했다. 머리가 잘려 바닥을 데구루루 굴렀다.

서걱!

기사들은 대열에서 빠져나오거나, 넘어지는 병사가 있으면 단칼에 목을 베었다.

두려움에 몸이 굳어버린 병사들을 베고, 또 뒤로 도망치려는 병사들을 찌르고!

그것은 공포!

'공포로 대열을 유지하는 거야. 훈련만으로 이루어진 게 아니다!'

아무리 제국이라도 몇 개월 안 된 신병들을 이런 대규모 공성에서 저 정도로 완벽하게 대열을 유지하게 할 수는 없다.

오로지 공포로 대열을 유지하고 있는 것이다.

기사들, 저들은 바로 독전대다.

어느 나라나 전쟁터에서 독전대가 존재하지만 지금 제국의 독전대는 차원이 달랐다.

고작 대열을 유지하며 돌격하는 데에만 수십, 수백의 병사가 처참하게 죽어 나자빠졌다.

"미친놈들……."

옆에 있던 허셀이 마치 짐승처럼 그르렁거렸다. 그도 봤다. 비첼이 본 독전대의 잔혹한 모습을 본 것이다.

그때였다.

적진에서 신호를 알리는 듯 깃발이 몇 번 거세게 나부끼더니 병사들의 대열이 옆으로 쫙 갈라졌다. 그리고 그사이로 자욱한 먼지구름이 피어올랐다.

두두두두두!

지축이 거세게 울렸다.

성벽 위에서도 진동이 느껴질 정도다.

갈라진 적군 사이로 먼지구름을 일으키며 달려오는 것들은 바로 소떼들이다.

그것도 꽁무니에 불을 붙인 소떼들!

갑작스런 소떼의 등장에 비첼마저도 당황했다.

소떼는 그 숫자를 가늠하기 어려울 정도로 어마어마했다.

병사들 사이로 미친 듯 질주하는 소떼들은 자욱한 먼지를 일으켜 시야마저 가리고 있었다.

"저, 저! 해자를 메우려고 한다!"

이윽고 소떼의 출몰 이유가 밝혀졌다.

소들은 그저 앞으로만 돌진하다가 성벽 앞에 깊게 파여 있던 해자에 풍덩 빠졌다.

폭이 2m, 깊이가 4m에 이르는 해자는 공성전에서 성벽과 더불어 중요한 방어수단이다.

소들은 눈앞에 해자가 있든 없든, 마치 성벽에 머리를 박을 것처럼 맹렬하게 돌진하다가 계속해서 빠져들었다.

순식간에 해자가 수를 가늠할 수 없는 소떼로 메워지고 있었다.

해자를 매우는 건 소뿐만 아니었다.

비첼은 눈에 힘을 줬다. 그러자 멀리 떨어져 있던 소들이 마치 마법으로 확대된 듯 크게 비쳤다.

소들의 등에 매어져 있는 상당히 많은 모래주머니가 보였다.

'머리를 썼군.'

수백 마리의 소떼에, 모래주머니까지.

아무리 깊고 넓은 해자도 매워질 수밖에 없었다.

'대응할 수가 없군.'

뻔히 보고도 어찌할 수가 없다.

누구인지는 모르나 제대로 머리를 쓴 셈이다.

'해자가 매워지면 성벽에만 의지할 수밖에 없다. 하지만…….'

비첼이 입술을 깨물었다.

그의 시선이 저 멀리 조립되고 있는 트레뷰셋에 닿았다. 트레뷰셋 옆으로는 입구를 꽁꽁 막은 항아리가 수레에 실려 있었다.

"제국의 불……."

하나하나가 화염계 폭발 마법인 파이어 볼의 위력에 해당할 정도로 무시무시한 병기다.

바로 그 점이 무섭다.

성벽에는 마법에 대응한 마력 저항 마법진이 설계되어 있다.

적들의 무지막지한 마법으로부터 보호받을 수 있다.

그러나 마법의 위력을 가졌음에도 마법이 아닌 제국의 불은 그런 마력 저항 마법진에 전혀 영향 받지 않는다.

'트레뷰셋을 없애야 해!'

공성무기만 제거한다면야 버틸 수 있다.

비첼은 입술을 깨물며 수뇌부들이 있는 곳으로 시선을 돌렸다.

'저들도 모르지는 않을 터. 지켜만 봐야 하는가.'

비첼은 여기서 신병이다. 가장 최하급 계급의 병졸이다.

그저 위에서 시키는 대로 이리저리 휩쓸릴 수밖에 없는 위치다.

전쟁을 어떻게 이끌어 나가야 한다. 전체적인 안목은 여기서 비첼이 가장 뛰어나다고 할 수도 있기 때문이다.

그런 비첼이니 가슴 속에서 답답함이 치밀었다.

"트레뷰셋이 전진한다!"

"적군이 몰려온다! 궁수대 사격 대기! 대기!"

해자가 매워지자 돌격을 멈췄던 적군이 일제히 덮쳐왔다.

그리고 그 뒤로 트레뷰셋이 육중한 소리를 내며 천천히 거리를 좁혔다.

어느 정도 왔을까.

트레뷰셋이 정지하고 제국의 불을 장착하기 시작했다.

그 모습에 비첼은 입술을 깨물었다.

'너무 멀다. 여기서 요격할 수가 없어.'

적의 공성병기를 제거하는 방법은, 투석기로 바위를 던져 부술 수밖에 없다.

하나 거리가 너무 멀다.

그렇지만 적들의 트레뷰셋의 사정거리엔 성벽이 포함되어 있다.

병기의 차이.

그것이 전쟁의 향방을 가르고 있었다.

그렇지만 연합군 측 수뇌부도 멍청이들만 모인 곳이 아니다.

연합군도 충분히 정보를 수집하고, 단단히 준비했다. 붉은 제국이란 거대한 적을 두고 가만있지 않았다.

"마법사님들이다!"

"와아아!"

성벽 위 곳곳으로 로브를 깊게 눌러 쓴 마법사들이 모습을 드러냈다. 그런 마법사 곁으로 두 명의 기사가 보호하듯이 섰다.

전쟁의 최강병기인 마법사의 등장에 병사들의 기세가 하늘을 찌르는 듯했다.

비첼이 있던 부근에도 마법사가 나타났다.

"병사들은 마법사님들의 보호에 우선하라!"

마법사를 보호하듯 서 있는 기사가 외쳤다. 그러자 아직 마땅한 자리를 찾지 못했던 신병들이 마치 방벽처럼 마법사 앞을 가로막았다.

그중에 비첼도 포함되었다.

'마법사라. 그래, 마법사가 있었군.'

비첼의 눈동자가 빠르게 성벽을 훑었다.

대략 그의 시야에 보이는 마법사들의 숫자만 해도 무려 열다섯 명이나 된다.

'대단하군. 역시 연합국인가?'

여섯 개의 도시 국가가 연합한 남부 도시 국가 연합.

그 저력은 과연 일개 왕국에 능히 버금갔다. 열다섯 명의 마법사라면 엄청난 숫자다.

전쟁의 향방을 가를 정도로.

비첼은 마법사들의 행동을 유심히 살폈다.

마법사는 양손을 이리저리 움직이며 입술을 오물거렸다.

웅웅웅웅.

주위를 감싸고 있는 기류가 기이해졌다.

자연스러운 것이 아닌, 인위적으로 주위 기파가 일렁였다.

마나에 민감해진 비첼은 과거와는 달리 마법사들의 마법 시행 과정을 파악할 수 있었다.

'뜨겁다. 매우 뜨거워. 불이다. 불.'

화염 마법임을 순식간에 간파해낸 비첼은 스스로도 놀랐다.

마나의 흐름을 볼 수 있다는 점은 생각보다 더 대단했다. 마나의 파동과 이미지를 느껴서 어떤 마법이 시행될지 미리 예측할 수 있다.

만일 마법사를 상대하게 된다면 엄청난 장점이 될 터.

비첼은 예상치 못한 수확에 미소가 지어졌다.

화르르륵!

허공에 불덩어리들이 수십 개씩 생겨났다.

이글거리는 열기가 느껴질 정도였다.

'적군의 중심에 날릴 생각인가?'

대열을 유지하는 적병들 사이로 파이어 볼이 떨어진다면 상당한 피해를 줄 터.

적진에서도 그렇게 예상하는지 달려 나가는 병사들 위로 희뿌연 막이 생겨났다.

실드 마법이었다.

'늦었군.'

비첼이 혀를 찼다.

불덩어리를 생성하자마자 바로 공격해야 했다.

이미 실드가 펼쳐졌으니 위력이 급감하리라.

그러나 이윽고 비첼의 예상은 빗나갔음이 밝혀졌다.

쐐애애액!

파이어 볼이 공기를 가르며 쏘아졌다.

성벽 위의 수십 개의 불덩어리들이 쏟아지는 광경은 지옥불이 떨어지는 마계의 모습을 연상시켰다.

콰콰콰쾅!

콰지직!

실드에 막힐 것이라 기대하지 않았던 비첼의 눈동자가 찢어질 듯 커졌다.

그의 얼굴에 감탄이 어렸다.

'애초에 노리는 건 트레뷰셋이었구나!'

파이어 볼의 목표는 적병들이 아니라 바로 트레뷰셋이었다.

트레뷰셋은 파이어 볼에 의해 화염에 휩싸였다.

뿐만 아니었다. 근처에 있던 제국의 불이 담긴 수레에도 파이어 볼이 작렬해 엄청난 폭발을 일으켰다.

폭발의 여파는 주위로 진동하면서 적병들을 단숨에 짓이겼다.

그 끔찍한 광경에 연합군의 사기는 크게 치솟았다.

"와아아아아!"

"엄청나다!"

성벽을 때릴 준비를 하던 트레뷰셋이 순식간에 무력화되자 병사들의 얼굴에 희열이 감돌았다.

웅웅웅웅!

다시 한 번 마나가 진동했다. 허공에 파이어 볼이 떠올랐다.

그런데 그 수가 이전보다는 절반으로 급감해 있었다.

비첼이 의아하게 여기기도 전에 불덩어리들은 다시 대기를 가르며 쏘아졌다.

쐐애애액!

스응! 스응!

그때였다.

남아 있던 트레뷰셋 주위로 희뿌연 막이 생겨났다.

적진의 마법사들이 급히 실드 마법을 펼친 것이다.

하나 마법사들의 대응은 연합군측이 훨씬 노련했다.

"디스펠(Dispell)."

훙!

콰콰쾅, 콰직!

파이어 볼의 수가 절반으로 급감한 것엔 이유가 있었다.

절반의 마법사가 파이어 볼 대신, 적들의 마법을 무력화시키는 디스펠 마법을 시행한 것이다. 디스펠 마법이 실드 마법을 철저하게 파훼했다.

그로 인해 트레뷰셋들은 다시 한 번 무참하게 부서져 나갔다.

'마법의 힘이 대단하군.'

마법을 어찌 사용하느냐에 따라 전쟁의 향방이 갈린다.

카이로가 무너졌던 큰 이유는 바로 저 비밀병기, 제국의 불 때문이다.

그런 제국의 불이 노련한 마법사들의 활약으로 인해 전투 초기에 무너지고 있었다.

'가망이 있다!'

이번 전쟁, 가망이 있다.

퍼뜩 드는 생각에 도끼를 쥔 비첼의 손아귀에 힘이 잔뜩 들어갔다.

"쏴라! 화살을 쏴라!"

"쏴라!"

적군이 화살의 사정거리 안으로 들어서자 엄청난 화살비가 쏟아졌다.

슈수수숙! 팅팅팅팅!

그러나 대부분의 화살들은 실드 마법으로 인해 퉁겨졌다.

그렇지만 트레뷰셋을 보호하기 위해 일부 실드가 해제되어 있어서 제법 어느 정도 피해를 입힐 수 있었다.

하나 쏟아 부은 화살의 양에 비하면 형편없는 피해였다.

소들로 인해 매워진 해자를 훌쩍 뛰어넘은 병사들이 성벽에 달라붙었다.

끼이이이!

8미터가 넘는 성벽 위에 사다리가 걸쳐졌다.

적병들이 분해된 사다리를 성벽 앞까지 들고 와 재빠르게 조립한 것이다.

"사다리를 떼어내!"

허셀이 바락바락 외쳤다. 그러면서 앞에 있는 사다리를 힘껏 밀어뜨렸다.

"으아아아!"

콰직!

사다리를 타고 올라오던 병사의 끔찍한 비명. 그리고 피육으로 부서지는 처참한 소리가 생생히 울렸다. 그러한 광경은 성벽 곳곳에서 일어나고 있었다.

다행인 점은 에페르넨의 성벽은 상당히 높다. 8미터라면 사다리가 아니라면 넘기 어려울 정도다. 그런 사다리만이라도 철저하게 제거하기만 하면 된다. 허셀은 그것을 파악하고 사다리만 죽어라 밀어뜨렸다.

그러자 제국군은 성벽 밑에만 새까맣게 모여 있을 뿐, 성을 하염없이 올려다 볼 수밖에 없었다. 그들 밑으로 돌무더기와 펄펄 끓는 물이 쏟아졌다.

파바바박.

"으악, 뜨, 뜨거워!"

"살려줘!"

전투가 아닌 거의 학살에 가까웠다.

성벽 아래 개미떼처럼 까맣게 모인 병사들은 죽음만을 기다렸다. 성벽을 넘지 못하는데 어찌하랴! 그럼에도 제국군은 끊임없이 꾸역꾸역 몰려들었다.

쿠웅!

"충차를 막아!"

오두막처럼 생긴 물체에 바퀴가 달려 있고, 그 앞에 뾰쪽한 통나무가 튀어나와 있었다.

성문을 부수는 용도의 충차였다.

병사들이 충차의 옆을 잡고 끊임없이 성문을 두드렸다.

강철로 이루어진 성문이지만 충격으로 흔들림이 느껴지자 병사들의 얼굴이 딱딱해졌다.

아무리 성벽이 대단하다고 한들 성문이 한번 열리면 전투는 끝장이다.

고작 전투 시작한지 몇 시간도 지나지 않은 상황에서 성문이 열리랴!

충차 위로 돌들이 무차별적으로 쏟아졌다.

뿐만 아니라 화살들이 집중적으로 쏟아졌다.

하나 충차의 위에는 굵은 나무로 지붕을 이루어서 낙석(落石)에도 끄떡없었다. 다만 충차를 밀던 병사들이 연이어 죽어나갔다. 문제는 제국군의 숫자는 전혀 줄지 않았다는 점이다. 병사들이 죽어나가면 다시 또 다른 병사들이 충차에 매달렸다. 아무리 죽이고 또 죽여도 금세 매워지는 모습에 병사들이 질린 표정을 지었다.

"거침없군."

인해전술.

다른 말로 딱히 표현할 수가 없다.

특별한 전략전술 없이 그저 무차별적으로 병사들을 쏟아붓고 있었다.

트레뷰셋이 파괴되자 그저 인력으로만 성벽을 넘기 위해서 병사들이 수도 없이 죽어나갔다. 그럼에도 제국군은 끊임없이 몰려왔는데, 마치 죽을 장소를 찾아 모여드는 부나방과 같았다.

"간악한 놈들."

비첼의 입에서 짐승의 그것과 같은 흉성이 흘러나왔다.

"어차피 상관이 없겠지. 죽어나가는 건 로스트인들이니까."

아무리 죽어도 상관없다.

아니, 오히려 바랄 것이다.

"류블로프……."

류블로프 그놈은 바라고 있으리라. 이 전쟁에서 로스트인들이 다 죽어나가는 걸.

로스트에서 깡그리 병력을 모으면 못해도 앞으로 사십만은 충분히 더 뽑아낼 수 있으리라. 그렇게 사십만 병력을 다 쏟아 부으면 도시 국가들이 막아낸다 한들 이미 모든 힘을 소진했을 터.

그때서야 비로소 정예병으로 이루어진 제국군이 출전하리라.

그 끔찍한 계책에 비첼의 몸이 분노로 떨려왔다.

전투는 밤이 될 때까지 이어졌다.

오랜 시간 동안 제국군은 단 한 명도 성벽 위에 서지 못했다.

연합군은 성벽을 방패삼아 끊임없이 화살을 쏘고, 돌을 던지고, 끓는 기름과 물을 퍼부었다. 제국의 마법사들은 연합군들의 마법사가 견제했다. 마법사의 수는 비등했는지, 트레뷰셋을 파괴한 이후 서로 견제하느라 딱히 활약을 하진 못했다.

뿌우우우!

"적들이 물러난다!"

고동 소리가 울리자 성벽에 다닥다닥 붙어 있던 제국군이 일제히 우르르 몰려났다.

그들의 위로 다시 한 번 화살 세례가 쏟아졌다.

후퇴하는 중에는 피해가 더욱 큰 법이다.

마법사의 실드 마법이 없으니 쏟아지는 화살에 죽어나갈 수밖에 없다.

황급히 도주하는 제국군을 보며 연합군은 일제히 손을 들어 올렸다.

"이겼다! 저 간악한 제국군을 물리쳤다!"

기사들이 붉게 상기된 목소리로 외쳤다.

대승이었다.

물러나는 적들 뒤로 수많은 시체들을 보라!

그에 반해 연합군의 피해는 사실상 전무했다. 간혹 쏟아지는 화살에 몇몇이 맞아 죽어나갔을 뿐, 그밖에 없었다. 엄청난 대승임이 분명하자 전투를 치러낸 병사들의 얼굴에 환희가 차올랐다.

"와아아아아!"

"만세! 연합군 만세!"

로만도, 로스트도 누구도 막지 못했던 제국군을 막았다.

연합군들은 그러한 사실에 자부심을 감추지 못했다. 모두들 일제히 만세를 외치며 환호하는 그때. 비첼만은 여전히 굳은 얼굴을 풀지 못하고 있었다.

Chapter 02
비첼의 활약

첫날 전투 이후에도 일주일 동안 하루도 빠짐없이 전투가 이어졌다.

제국군은 그저 무작정 병력을 쏟아 부었다.

벌써 성벽 앞에는 시체가 빼곡히 쌓여 작은 언덕을 이룰 정도였다.

연합군의 피해는 극도로 적었다.

일천도 되지 않는 사상자만 발생했을 뿐이다. 제국군이 대략 사만의 병력이 성벽 앞에서 고꾸라진 것을 감안하면 엄청난 대승이 이어진 것이다.

그렇다고 끊임없는 전투에 피로가 누적되지도 않았다.

지금 성벽 위에서 경계를 보는 병사들의 얼굴엔 전혀 조금의 피로감도 느껴지지 않았다.

오만의 병력.

그러나 성벽을 지키는 병력은 고작 칠천.

하루에 한 번씩 교대해 전투를 치루기 때문에 피로가 쌓일 리가 없었다.

그래서 병사들의 표정은 밝았다. 피해가 전무하고 피로마저 없으니 거의 다 이긴 마음이었다.

하나 제법 눈을 뜨고 볼 수 있는 자들의 표정은 어두웠다.

"이대로 가다간 무너진다."

비첼은 냉정하게 상황을 판단했다.

이런 비첼의 발언을 누가 들었다면 코웃음을 쳤을 것이다. 지금 모든 전투에서 승리를 거두었고 누가 봐도 이기고 있다. 비첼의 말은 분명 말이 되지 않았다.

하나 비첼은 그런 자신의 의견을 꺾지 않았다.

그는 겉에 드러난 모습이 아닌 숨겨진 모습을 정확하게 짚고 있었다.

"보급품이 떨어지고 있다."

알게 모르게 첫날과는 달리 나오는 음식의 양이 크게 줄었다.

음식뿐만이 아니었다. 화살이나 돌덩어리 등 모든 것들이 현저하게 부족해지고 있었다.

일주일 동안 싸웠으니 보급품이 남아 있겠냐 하겠지만…….

문제는 보급품이 전혀 보충이 되지 않고 있다는 사실이다.

"보급이 끊겼단 얘긴데."

다른 도시 국가에서 보내오는 보급품이 도착하지 않는다.

식량이 없으면 무얼 먹고 싸울 것이며, 화살이 없으면 성벽 아래의 병사를 어떻게 죽일 것인가. 돌덩이들이나 나무들은 성안에 있는 것들을 닥치는 대로 수집하면 문제가 없다지만 그것도 얼마 가지 못해 한계에 부딪칠 것이 분명했다.

"애초에 너무 많은 병력이 모여 있었어."

오만의 병력이라면 대군이 분명했다.

문제는 수성전에는 적합하지 않다는 것에 있었다.

칠천의 병력이 성벽을 지키니 성 안에는 대략 이만 안팎의 병력이 적절한 수용 인원이다. 한데 그것을 월등히 초과한 오만의 병력이다.

오만의 병사가 매일 무얼 하겠는가?

먹는다. 음식을 계속해서 먹고 또 먹는다. 전투를 치르는 인원은 하루에 칠천에 불과하지만, 먹는 인원은 오만이 넘는다.

비축해놓은 식량이 아무리 많다고 한들 오만의 병력이 매일같이 먹어대니 식량이 급격하게 줄어드는 것은 당연했다.

아무리 도시 국가들이 부국(富國)이더라도 비축량에는 한

계가 있다.

물론 보급만 된다면야 문제가 없지만…….

비첼은 보급품을 끌고 온 아군을 단 한 번도 본적이 없었다.

"그러고 보니……."

비첼이 성 밖을 바라보았다.

저 멀리 지평선 끝에는 제국군 기병이 이십 명씩 진단을 이루어 천천히 움직이고 있었다.

그런 기병들은 사방에 존재했다. 제국군의 십만 병력으론 성을 포위하기엔 부족하다. 물론 마음만 먹으면 할 수야 있긴 하지만 병력이 너무 얇아져 오히려 각개격파를 당할 수도 있었다. 그래서 제국군은 동문에 병력을 집결시켜 총공격하고 있었고, 기병들을 따로 쪼개 성을 포위하듯 감시하고 있는 것이다.

저들 때문에 오만의 병력이 성안에 갇혀 나갈 수가 없었다.

이틀 전에는 전투가 이루어지는 와중에 이만의 병력을 남문으로 빼내 우회해서 기습을 가한다는 작전을 짰었다. 그러나 옅은 포위망을 형성한 채 감시하고 있는 기병들이 포착, 곧바로 전령을 보내면서 적들이 금방 물러나 단단히 대비하게 했다.

연합군은 대부분이 보병이라 빠른 기습공격이 거의 불가능했다.

그래서 성 안에 이렇게 웅크려 싸울 수밖에 없었다.

즉, 외부와의 연락이 끊겼다고 볼 수 있었다.

척후를 내보내도 제국의 포위망에 걸려 죽어나가기가 일수.

보급이 오는지, 어찌 됐는지 알 방도가 없었다.

'얼마나 버틸 수 있을지.'

남아 있는 보급품이 언제까지 될지 모른다. 비첼로서는 알 수 없는 노릇이었다. 다만 확실한 건 이대로 가다간 전쟁에서 이길 수 있다고 장담할 수는 없었다.

'포위망을 뚫고 보급을 받아야 하는데.'

비첼이 입술을 깨물었다.

하급병인 그가 할 수 있는 일은 없다. 그저 지켜만 볼 수밖에.

비첼이 소속된 부대가 오늘 배치된 곳은 남문 성벽 위였다. 지금도 동문 쪽에서는 전투가 이루어지고 있었다. 비첼은 첫날과 삼 일 전쯤에 전투를 치르고 푹 쉬면서 피로를 다 털어냈다. 확실히 병사들이 느끼기엔 싸움은 더없이 유리했다.

그것 때문인지 병사들의 얼굴엔 근심이 전혀 보이지 않았다.

다행인 점은 척 모리스를 비롯한 수뇌부들의 얼굴엔 보급 문제 때문인지 근심이 어려 있었다.

그들도 분명 방도를 모색하리라.

그것을 떠올린 비첼은 애써 고민을 털어냈다.

하급병인 그가 고민한다고 해서 해결될 문제가 아니었으니까.

지금 그는 자신의 위치에서 할 수 있는 걸 해야 했다.

그렇게 비첼이 머릿속을 정리할 때였다.

지평선 저 너머에서 먼지구름이 일었다.

"음?"

비첼이 눈을 크게 뜨고 집중했다. 눈에 기운이 쏠리자 작았던 물체들이 확대된 것처럼 크게 보였다.

"전방에 정체불명의 무리 발견! 경계태세를 갖춰라!"

"병사들은 위치를 지켜! 적군일지도 모른다!"

먼지구름을 일으키며 달려오는 정체불명의 무리들이 점차 모습을 드러냈다.

워낙 먼 거리에다 먼지가 자욱해서 적군인지, 아니면 무엇인지 알아보기가 도통 쉽지가 않았다.

"아, 오셨습니까?"

남문의 성루를 책임지던 기사는 소식을 받고 달려온 마법사를 보며 반색했다.

마법사는 별다른 말없이 품에서 깨끗한 수정구를 꺼내더니 마법을 사용했다.

웅웅웅!

은은한 마나공명과 함께 얼마 지나지 않아 수정구에 먼지를 일으키는 무리의 모습이 비쳤다.

"아!"

"적군이 아닙니다!"

"피난민들 같은데요?"

"음!"

기사는 침음을 흘렸다.

수정구에 비치는 모습은 다름 아닌 피난민 무리였다. 수천에 달하는 피난민들이 일제히 이쪽으로 몰려오고 있었다.

적병이 아니란 사실에 다른 부관들은 다행이란 표정을 지었지만 기사는 그러지 않았다.

'어찌 저토록 급박하게 오는가?'

피난민이 이쪽으로 오고 있다는 건 큰 문제가 아니다.

문제는 수정구에 비쳐지는 피난민들의 태도였다.

마치 맹수에게 쫓기듯, 사력을 다해 도망치고 있었다.

그것이 문제였다. 도대체 무엇에 쫓겨 저토록 죽을힘을 달리는가?

이내 이유가 드러났다. 마법사의 수정구에 피난민들 뒤로 붉은 물결이 비쳐졌다.

"제, 제국군입니다!"

뿌우우우우!

누군가 외치기가 무섭게 성루 위에서 뿔고동이 울렸다.

경계태세를 갖추던 병사들의 얼굴이 딱딱하게 굳어졌다.

적군이 나타났을 때만 울리는 고동 소리였다.

비첼은 여전히 먼지구름을 바라보았다.

그도 보았다.

맹수를 만난 듯 사력을 다해 도망치는 피난민과, 그 뒤를 쫓아오는 붉은 물결을.

"수가… 장난이 아니군."

“저것이 보이냐?”

비첼의 중얼거림에 옆에서 십인장 허셀이 다가와 물었다.

“원래 시력이 좋습니다. 정확한 건 아니지만 대충은 보입니다. 맨 앞의 무리들은 행색을 보아 피난민들이고 수는 대략 오천에서 육칠천은 되어 보입니다. 문제는 그 뒤로 제국군이 나타났는데… 수를 짐작하기도 어려운 대군입니다.”

비첼의 말에 허셀뿐 아니라 다른 병사들의 얼굴도 어두워졌다.

지금도 동문에서는 싸움 중인데, 남문 쪽에서 새로운 적병이 나타났다.

“적들의 증원군일 겁니다.”

“큰일이군.”

비첼이 입술을 깨물었다.

적들의 증원군도 심각한 문제지만 비첼은 앞에 있는 피난민들을 더 큰 문제로 봤다.

‘설마…….’

비첼의 눈동자가 가늘어졌다.

피난민의 숫자는 대략 오천에서 육칠천!

기껏해야 2만을 수용할 수 있는 성이다.

만약 여기에 오천이 넘는 피난민이 더 들어온다면?

‘식량이 부족해.’

식량이 남아날 리가 없다.

더구나 보급이 이루어지지 않고 있다. 거기까지 생각이 미치자 비첼의 눈동자가 약하게 떨렸다.

'보급은 분명 제국이 끊었다!'

에페르넨으로 오는 보급을 끊은 것이 분명했다.

그리고 일부러 피난민 무리를 잔뜩 몰고 온 것이었다. 여기서 피난민들을 받아들인다면, 안 그래도 동이 나고 있는 보급품이 순식간에 바닥이 나리라.

그렇다고 받아들이지 않을 수도 없다.

당장 성벽 위에서 지켜보는 병사들의 눈이 한둘인가?

빤히 두 눈으로 보이는데 버릴 수도 없다. 버린다면 병사들의 사기는 급감할 것이다. 제 나라 시민을 지키지도 못하고 버리는데 그 심정은 오죽하랴. 또한 입과 입을 타고 소문이 번질 것이 분명했다.

'백색의 방이나 다름없군.'

사방팔방이 꽉 막혔다.

이러지도, 저러지도 못하는 딜레마.

비첼은 곧바로 성루를 바라보았다.

성루의 수뇌부들도 이 상황에 어찌할지 갈피를 제대로 잡지 못하는 듯했다.

"문을 열어줍시다."

"저들을 다 수용할 수는 없어요."

"그렇다고 버린단 말입니까? 살기 위해 여기까지 도망쳐온 우리 연합의 시민들이 아닙니까!"

"이성적으로 생각합시다. 이대로 문을 연다면 적들이 당장 들이닥칠 것이고, 싸워서 막아낸다고 해도 다 수용할 수는 없습니다. 아시다시피 에페르넨은 수용할 수 있는 인원이 훨씬 넘었어요. 보급품도 떨어져가고, 보급이 끊긴 상황입니다. 여기서 오천이 넘는 피난민을 수용하자? 이게 말이나 됩니까?"

누군가의 말에 다른 수뇌부들은 입을 꾹 다물었다.

그들 모두 역시 알고 있는 말이었다. 오천이 넘는 피난민을 받아들인다면 연합군은 제국군이 아닌, 굶주림에 무릎을 꿇을지도 몰랐다.

"차라리 나가 싸웁시다. 평원에 나가 싸우면 무엇이 문젭니까?"

"그게 말이나 됩니까! 성이란 견고한 방어물을 내버려 두고 제국군을 상대하자니요!"

"비록 로스트인들로 구성된 오합지졸이라지만, 제국의 기사단과 기병들은 제국인으로 구성된 정예들입니다. 아무런 방해물도 없는 평원에서는 우리가 이기기란 요원합니다. 아무리 좋은 장비를 끼고 있다 해도 보병이 기병과 기사단을 상대하기란 어려운 일!"

"대체 어쩌란 말이요, 그러면!"

"모두들 조용히 하시오, 조용히!"

쾅!

결론 없이 언성이 높아지고 분위기가 과열되자 책임자가 칼로 바닥을 찧었다.

그러자 시끄러웠던 성루가 죽은 듯이 조용해졌다. 하나 오래가진 못했다. 여기저기서 쏟아져 오는 의견들에 의해 성루는 금세 시끄러워졌다. 문제는 특별한 방도가 없다는 것이다.

"구해야 합니다. 피난민들을 받아들이시오!"

"아니오, 인내해야 합니다. 받아들인다면 에페르넨은 무너집니다!"

"병사들의 사기는 어쩌란 말이요!"

"저, 저길 보십시오!"

그때였다. 서로 자신의 생각을 주장하던 수뇌부들이 일제히 한곳을 바라보았다.

그곳에는 활시위를 당기고 있는 비첼이 있었다.

* * *

"뭐하는 거야! 로무!"

"그럼 보고만 있습니까?"

바락 소리를 지리는 허셀을 뒤로하고 비첼은 활시위를 먹였다.

그는 성벽에 몸을 숨기지 않고 선 채로 시위를 당겼다.

그의 시야에 피난민들과 그 뒤를 양떼를 몰듯이 쫓아오는 붉은 갑옷의 기사와 기병들이 비쳤다.

"후우. 후!"

크게 심호흡했다.

꽉 쥔 활이 고정된 채로 미동도 하지 않았다. 그리고 숨을 참고 집중했다. 기사에 비해 비교적 가벼운 차림의 기병이 눈에 들어왔다. 그 기병은 제일 선두에 나서 피난민들을 쫓아오고 있었다.

활시위가 기병을 향했다.

"이랴앗! 이랏!"

앞으로 일어날 일도 모른 채 말을 타고 오는 기병. 비첼의 냉정하고도 싸늘한 눈길이 그에게 쏟아졌다.

비첼은 기다렸다.

그리고 사정거리에 들어온 그 순간!

미동도 하지 않던 활시위가 크게 출렁였다.

슈웅!

퍼퍽!

"꺽!"

단발마의 비명을 내지른 기병은 그대로 낙마해 바닥을 뒹굴었다.

화살은 어깨에 맞았으나, 낙마한 탓에 말발굽에 짓밟혀 무참하게 죽었다.

"……!"

병사들의 눈동자에 놀라움이 어렸다.

상당히 먼 거리였다.

그들의 눈에는 겨우 사람으로 보일까 말까 할 정도로 멀리 떨어져 있는 기병을.

그것도 말을 타고 달려오는 기병을 정확하게 맞춘 것이다.

"와, 와아아아!"

"와아아!"

병사들이 함성을 내질렀다.

비첼은 연이어 화살을 쏘았다.

파박, 파팍!

"와아아! 또 맞혔다!"

"대단한걸!"

위급한 상황임을 잊고 감탄을 할 정도로 비첼의 궁술은 대단했다.

화살이 쏘아질 때마다 여지없이 제국 기병 하나가 말에서 떨어졌다.

말에서 떨어진 기병들은 여지없이 말발굽에 짓밟혀 걸레짝이 되었다. 그런 모습을 바라보는 병사들의 가슴에 통쾌하기 짝이 없는 감정이 솟구쳤다.

하나 병사들과는 달리 수뇌부들의 얼굴은 딱딱하게 굳어들 수밖에 없었다.

"저, 저런!"

"누가 화살을 쏘라 했는가!"

"거기! 어서 병사들을 끌고 가서 막게나. 어디 명령도 없이 단독행동을 벌여! 가서 잡아와!"

"아니!"

그때였다.

묵묵히 지켜만 보던 기사가 단호한 목소리로 외쳤다.

"지금 당장 기사단과 기병대를 소집하시오. 그리고 쉬고 있는 병사들을 성문에 집결시키시오. 이대로 문을 열겠소."

"그, 무슨 말입니까! 코라코 경!"

남문 성루 책임자 코라코는 얼굴에는 결연한 빛이 감돌았다.

"피난민들을 이대로 받아들이고, 군사를 이끌고 적들의 기사단과 기병대를 격파하겠소."

"아니 될 말씀입니다!"

"부끄러운 줄 아시오!"

"……!"

그를 만류하는 부관을 크게 다그치는 코라코의 모습에 수뇌부들은 모두 입을 다물었다.

"한낱 병사가 참다못해 활을 들고 홀로 싸우고 있소. 그런데 연합군의 수뇌라는 작자들이, 당연히 지켜야 하는 시민들을 버리겠다니? 그게 무슨 망발이요!"

"이성적으로 생각하십시오, 코라코 경!"

"이성적? 전쟁에 이성이란 없소! 확실한건, 우리 연합은 연합의 시민들을 지키기 위해 뭉친 것이오. 크게는 국가를 수호하고 연합을 수호하는 것이지만 본래 목적은 시민들을 지키기 위함이요. 그것이 나의 기사도요!"

"……."

기사도를 운운하는 코라코의 말에 수뇌들은 더 이상 말리지 못했다.

기사들에게 기사도란 더없이 가치 있고 고귀한 것.

그것을 들먹인 이상 말릴 수 없음을 깨달았기 때문이다.

"혹여 이것이 총사령관이신 척 모리스 각하의 의견에 맞지 않아 큰 벌을 받더라도 난 저들을 받아들여야겠소. 뭐하느냐! 어서 명을 전달하라!"

코라코는 그렇게 외치고 몸을 돌려 성루를 내려갔다.

그리고 뒤에 남겨진 수뇌들은 하염없이 그 뒷모습과, 그리고 계속해서 활을 쏘는 비첼만을 바라볼 뿐이었다.

* * *

퍼벅!

머리가 꿰뚫린 기병은 말에서 떨어지기도 전에 즉사했다.

비첼은 점점 활을 당기는 손가락에 감각이 살아나는 것을 느꼈다.

오랜만에 잡아보는 활이지만 그 실력이 어디 가지는 않았다.

활을 쏘면 쏠수록 화살의 정확도는 놀라울 정도로 높아졌다.

화살이 쏘아질 때마다 여지없이 떨어지는 목숨.

그런 모습에 연합군 병사들은 크게 고무됐다.

슈우웅—

파바박, 파박!

비첼이 쏘지도 않았는데 화살이 날아 바닥에 꽂히거나 기병들을 꿰뚫었다.

비첼은 급히 옆을 돌아보았다. 옆에는 활을 든 병사들이 진중한 얼굴로 시위를 당기고 있었다. 그중 비첼과 눈을 마주친 병사 하나가 말했다.

"궁병은 활을 쏘란 명령이 있을 때만 화살을 쏠 수 있지만, 지금은 쏴야 되겠소."

그러한 말에 비첼은 저도 모르게 씩 미소를 지었다.

그런 모습은 곳곳에서 연출됐다.

궁병이 말했듯이, 명령이 떨어질 때만 화살을 쏠 수 있다. 하나 비첼의 행동에 고무된 궁병들은 명령이 없음에도 피난민들을 구하기 위해 활을 쏘았다.

파바바박! 퍼퍼퍼퍽!

"으아아악!"

수십 개, 그리고 수백 개에 이르는 화살이 쏟아지자 탐욕스런 늑대처럼 날뛰던 기병들이 우수수 떨어졌다.

그렇게 기병들을 쏘아 떨어뜨리자 피난민들의 얼굴에 희

망이 어렸다.

병사들이 활을 쏘고 쫓아오는 제국군을 막는다!

그런 사실이 눈에 보이자 피난민들은 악착같이 달리고 또 달렸다. 머리 위를 뒤덮는 화살이 두렵지도 않은 듯 그저 미친 듯이 달렸다. 그렇게 달리다 보니 어느새 거대한 성문 앞에 도달했다.

피난민들의 얼굴에 희열이 감돌았다.

살았다는 희열!

그러나 그것은 오래가지 못했다.

굳게 닫힌 성문은 미동조차 하지 않았다.

살기 위해 미친 듯 달려왔는데 문이 열리지 않자 피난민들의 얼굴이 새하얗게 질렸다.

쾅쾅쾅!

"문을 열어주시오!"

"나는, 나는 로스타의 시민이오!"

"우린 연합의 시민들이란 말입니다! 제발 문을 열어주세요!"

성문을 두드리며 절규하는 피난민들.

"……."

"문 안 열고 뭐하는 거야!"

"시발. 문을 왜 안 여는 거지? 대체 왜!"

지켜보던 병사들의 얼굴이 사정없이 구겨졌다.

그들의 입에서는 수뇌들을 성토하는 말이 마구잡이로 쏟아졌다.

비첼은 묵묵히 화살을 날리며 슬쩍 성루로 시선을 돌렸다.

성루에서는 몇 번 고성이 오가더니 풀 플레이트 아머를 낀 기사가 결연한 얼굴로 성루를 내려왔다. 그리고 전령이 몇 번 빠르게 오가더니 어느새 성문에 대략 사십 명의 기사들과 이백의 기병, 그리고 보병 천오백이 집결했다.

'드디어!'

비첼은 눈을 빛냈다.

그가 이렇게 먼저 나선 것에는 확신이 있었기 때문이다. 결국엔 성문을 열 수밖에 없으리라는 확신이.

어차피 피난민이 들어오지 않아도 제국이 끊은 보급을 복구하지 않은 이상 곧 식량난에 시달릴 것이 분명했다.

그런 와중에 사기까지 급감하고 시민들을 눈앞에서 버렸다면 수뇌부들에 대한 병사들의 신뢰는 없어질 것이고, 오히려 분노가 가득하리라.

그럼 어쩔 수 없이 수뇌부는 성문을 여는 선택을 할 수밖에 없다.

비첼은 그것까지 예상하고 활을 쏘는 등의 움직임을 벌인 것이다.

"화살을 쏴라!"

"화살을 쏴서 제국군이 접근하지 못하게 막아라!"

그때서야 지휘관들이 명령을 내렸다.

이제야 제대로 된 사격 명령이 떨어진 것이다.

그러자 머뭇거리며 망설이던 궁병들도 거침없이 화살을 쏘았다.

하늘을 꽉 메우는 화살이 비처럼 쏟아지자 제국 기병들의 피해가 기하급수적으로 늘어났다.

그 와중에도 비첼은 정확히 화살을 쏘았다. 그가 시위를 놓을 때마다 여지없이 하나의 목숨이 사그라졌다. 신기에 가까울 정도로 뛰어난 궁술에 지켜만 보던 허셀의 얼굴에 놀람을 넘어선 경악이 서렸다.

"대체… 정체가 뭐냐?"

"……."

비첼은 대답치 않고 화살을 쏘았다. 허셀도 대답을 기대하지는 않았는지 고개를 휘휘 젓고는 병사들을 지휘했다. 비록 십인장이라지만 그의 카리스마와 리더십은 뛰어났다.

비첼의 단독행동에 어찌할 바를 모르던 병사들이 각자 역할을 맡아 수행하기 시작했다.

그때였다.

"문을 열어라!"

끼이이이이!

두터운 성문이 격한 소리를 내며 열렸다.

열린 성문 틈사이로 피난민들이 들어갔다.

성문이 열리고 피난민이 안으로 들어서자 제국군의 기세가 순식간에 바뀌어 버렸다.

지금까지는 그저 어느 정도 속도를 조절하면서 피난민들을 성문으로 몰았다.

하나 성문이 열리자 지금까지 뒤에서 관망하듯 천천히 오던 기사단이 마치 불구지천의 원수라도 만난 것처럼 질주해왔다.

기사단뿐만이 아니라 기병들도 적을 향해 돌격하듯 쫓아왔다.

두두두두!

성문이 열린 틈으로 들이닥칠 생각이었다.

적들 기사단의 숫자는 물경 이백을 넘어가는 엄청난 수!

적들이 성안으로 들이닥친다면 그야말로 쑥대밭이 될 것이 분명했다.

아무리 보병이 많다고 한들 기사라면, 그것도 말을 타고 마나를 줄기차게 뽑아낼 수 있는 엄청난 기사라면!

"화살을 쏴라! 마구 퍼부어라!"

비첼은 이제 정확히 목표물을 노리지 않았다.

그저 손에 집히는 대로 화살을 쐈다.

남들이 화살을 한두 번 쏠 때 비첼은 대여섯 번 시위를 당겼다.

두두두두두!

그러나 화살로 기병을 막을 수는 있어도 기사단을 막지는 못했다.

갑옷으로 중무장한 기사들은 화살에 맞아도 별 피해 없이 달려왔다.

화살이 통하지 않자 병사들의 얼굴에 질린 표정이 나타났다.

"젠장!"

비첼도 욕을 하며 활을 바닥에 두고 황급히 성문을 살폈다.

성문에 집결했던 연합군 기사단과 기병대, 그리고 보병들은 피난민들 때문에 밖으로 쏘아나가지 못하고 있었다.

오히려 옆으로 갈라져 피난민이 들어올 수 있게 했다.

그것이 문제였다.

저 사이로 제국의 기사단이 들이닥치면 어찌 되겠는가!

비첼은 활을 두고는 등에 매달았던 브로드 액스를 꺼내들었다.

그의 몸에 숨겨뒀던 힘이 거칠 것 없이 용솟음쳤다.

'시간을 벌자!'

피난민이 다 들어오고 기사단과 기병대만 밖으로 쏟아져 나갈 수 있으면 해볼 만했다. 그 뒤를 중장보병들이 받친다면야 아무리 대단한 제국 기사단이라도 속수무책일 터!

더구나 하늘에선 화살이 쏟아지고 있고, 얼마 안 가 마법사를 비롯한 지원군이 남문에 오리라!

비첼은 시간을 벌기로 결심했다.

"야, 로무! 야 인마! 뭐하는 거야!"

비첼이 도끼를 들고 난간 위에 올라섰다.

그 모습을 본 허셀이 눈을 동그랗게 뜨고 소리쳤다.

하나 비첼은 대답 없이 한번 그를 쳐다보고는, 그대로 성벽 밖으로 떨어졌다.

"저 미친!"

"……!"

8m의 성벽이다. 그런 성벽 위에서 뛰어내리다니!

지켜보던 44십인대 병사들의 얼굴이 창백하게 질렸다. 자신의 위치도 망각하고 우르르 몰려가 성벽 아래로 고개를 삐쭉 내밀었다.

"맙소사!"

누군가 경악에 가까운 신음을 토했다.

뛰어내린 비첼은 아무렇지도 않게 어깨를 으쓱이며 몸을 풀더니 도끼를 바로 세웠다.

허셀의 얼굴이 푸르르 떨렸다.

믿을 수 없는 모습이다.

지금 연합군 병사들의 무장 상태는 그야말로 최상이다.

입고 있는 갑옷도 가벼운 가죽갑옷도 아닌 두터운 철갑옷이다.

그 무게가 상당하다. 웬만한 장정들도 철갑을 입고 오래 뛸 수 있는 체력을 갖지 못했다. 그만큼 무거운데, 성벽에서 떨어졌으면 어쩌겠는가?

분명 큰 사고를 당할 수밖에 없다.

한데 비첼은 너무나 자연스런 모습, 그리고 별거 아니라는 듯이 행동하고 있지 않은가.

“저 미친 새끼!”

허셀이 이를 갈았다.

문제는 비첼이 홀로 성문 앞에 섰다는 것이다.

그리고 그런 성문을 향해 돌진해 오는 기사들을 보라!

지금 비첼의 행위는 그들이 보기에는 자살하는 것으로밖에 비쳐지지 않았다.

짧은 시간이지만 대담하고 배짱 좋은 비첼에게 호감을 가지고 있던 허셀은 입술을 질끈 깨물었다. 그의 눈동자엔 걱정과 안타까움이 스쳤다.

홀로 성문을 어찌 지키는가.

그건 아마 경지에 오른 기사들이어만 가능할 터…….

그때, 우람한 말을 탄 기병 하나가 가장 먼저 성문을 향해 돌진해왔다.

비록 기사의 차지만큼은 아니지만 일반 기병의 공격력도 그에 버금갔다.

말을 타고 단숨에 들이박는 차지 공격!

그것에 비첼의 전신이 완전히 노출되었다.

비록 피육이 되어 죽겠지만, 그래도 휘하 병사였음을 생각한 허셀은 비첼의 마지막 모습을 봐주겠노라고 눈을 똑바로 떴다.

두두두두두!

"히랏, 이랴앗!"

기병은 단숨에 공간을 좁혔다.

그 앞에 오롯이 선 비첼은 도끼를 든 채 미동도 하지 않았다.

병사들은 그런 모습에 두 눈을 질끈 감았다.

강력한 차지에 치여 죽은 시체의 끔찍한 모습이 머릿속에서 절로 떠올라졌다.

번뜩.

그때, 비첼의 도끼가 번뜩였다.

푸아악!

"……!"

허셀은 똑똑히 바라보았다.

붉은 갑옷의 기병이 비첼에게 도달하는 순간, 세로로 쪼개지는 그 장면을……!

Chapter 03
정체를 밝히다

병사들은 어안이 벙벙했다.

죽었으리라 생각했던 비첼은 멀쩡했다. 그저 손목이 아픈지 인상을 찌푸리며 손목을 매만지고 있을 뿐이다.

병사들의 시선은 비첼에게 떨어져 그 주위에 흩뿌려진 시신에 도달했다.

"저럴 수가……!"

"말도 안 돼!"

경악.

더 이상 말을 잇지 못하는 병사들이 부지기수였다.

허셀도 차마 말을 잇지 못했다. 지금껏 보여준 비첼의 모습은 놀라웠다. 하나 지금 모습은 놀라움을 떠나서 믿을 수 없는 불신에 가까웠다.

말을 타고 돌진해오는 기병의 파괴력은 엄청나다.

그것을 단신으로 막아냈다.

단지 도끼 한 번을 휘둘러서 말이다. 그것도 손쉽게 인마(人馬)를 세로로 쪼갰다.

그건 말도 안 되는 무력! 신위!

'설마… 기사라도 되는 것인가?'

마나!

진짜배기 기사라 부를 수 있는 마나라면 가능한 무력!

그러나 비첼은 기사가 아니다. 제법 식견이 있는 허셀은 기사가 마나를 어찌 사용하는지 본적도 있고, 잘 알고 있다. 그는 비첼을 똑똑히 지켜봤는데 마나를 사용한 흔적을 보지 못했다.

"도대체 무슨……."

허셀이 휘휘 고개를 저었다.

믿을 수 없다지만 어찌하겠는가. 두 눈으로 똑똑히 보았거늘.

경악과 불신이 섞인 시선이 비첼에게 쏟아졌다.

* * *

"음."

비첼은 침음을 흘렸다.

비기를 힘껏 일으켜 몸을 보호했지만 손목이 시큰했다. 달려오는 인마를 쪼개버렸으니 그 반탄력은 온몸을 뒤흔들 정도였다. 그러나 할 만했다.

예의 안개와 비슷한 비첼의 비기는 마나에 비해 손색이 있지만 물리력도 갖고 있다. 도끼에 안개를 두르면 파괴력이 증가하거나 더욱 날카로워지는 걸 보면 알 수 있다.

그런 비기로 몸을 단단히 보호하니 달려오는 기병을 충분히 막아낼 만했다.

두두두두!

"이노오옴!"

그때 다시 한 번 기병이 들이닥쳤다.

앞선 기병이 처참하게 죽어나가는 모습을 봤던 터라 잔뜩 분노해 달려오는 기병의 기세는 심상치 않았다. 비첼은 입술을 깨물며 몸 안의 기운을 마구 끌어올렸다.

두두두두!

"노옴!"

순식간에 커져가는 기병!

그가 기다란 장검을 쭉 뻗었다.

그때 비첼의 손이 벼락처럼 움직였다. 허리춤에 매달렸던 작은 도끼가 허공을 갈랐다.

후악!

대기를 가로지르며 날아간 핸드 액스는 기병의 머리를 정확히 부숴버렸다.

이히힝!

주인을 잃은 말이 기세를 잃지 않고 날뛰었다.

비첼은 이번엔 맞상대하지 않고 몸을 가볍게 구르면서 피했다.

단숨에 기병 둘을 죽여 버린 비첼은 슬쩍 뒤를 바라보았다.

"제길."

입술을 비집고 욕이 튀어나왔다.

애석하게도 피난민은 아직도 성문에 우르르 몰려 있었다.

시간이 좀 더 필요했다.

물론 기병이라면 어느 정도 막을 수 있었다.

문제는 기병이 아니라 기사단의 돌격이었다. 저 멀리 저돌적으로 달려오는 기사단의 모습은 그 담대한 비첼의 심령마저 뒤흔들었다.

하지만 포기할 생각은 없다. 성문이 뚫리면 상황은 심각해진다.

"그래. 한번 해보자."

비첼은 이를 꽉 깨물며 도끼를 사정없이 휘둘렀다.

"저런……."

제국군 제2 기병대를 이끄는 기사 코비치치의 얼굴은 심각하게 구겨졌다.

성문을 향해 기세 좋게 돌진했던 기병 다섯이 순식간에 죽어버린 것이다. 그렇지 않아도 쏟아지는 화살에 수십이 죽었다.

성문이 열린 이상 기병대가 무서울 것은 없었다.

그래서 열도 맞추지 않고 성문을 향해 무조건 돌격을 명령했다.

그런데 성문으로 돌입하는 기병이란 기병들은 처참하게 죽어나갔다.

적 기사단이 나와 막은 것도 아니다.

적들의 병력은 성안에 고립되어 있다. 성문으로 우르르 몰려 있는 피난민들 때문에 나오질 못한다.

"고작 한 명한테 이게 무슨 수치냐 말이다!"

코비치치가 참지 못하고 말을 박찼다.

그의 눈동자가 핏빛으로 붉어졌다. 그가 입은 붉은빛의 갑옷처럼.

"죽여주마!"

도끼를 든 채 오롯이 선 사내.

벌써 저 사내의 손에 다섯이 죽어나갔다.

아니, 그가 쏜 화살을 생각하면 두 손으로 셀 수 없을 만큼 죽어나갔다.

제국의 정예 중의 정예인 기병대가 말이다.

스스스스!

그의 검에서 붉은 빛의 마나가 타올랐다.

그는 검으로 마나를 유형화할 수 있는 진짜배기 기사 중에서도 실력자였다.

그랬기에 용맹과 무력을 요구하는 기병대를 이끌 수 있었던 것이다.

코비치치를 따르는 기병대들은 곧 문을 막아선 놈이 처참하게 피육이 될 것임을 믿어 의심치 않았다.

하나, 이어진 장면은 그들의 눈을 의심케 했다.

코비치치는 마나를 덧씌운 롱소드로 쭉 찔러갔다.

말이 질주하는 속도와 마나의 힘이 합쳐져 경천동지할 파괴력이 검 끝에 실렸다.

"끝이다!"

코비치치가 호기롭게 외쳤다.

거산도 부술 듯한 강력한 일격이 비첼에게 쏟아졌다.

그러나 일촉즉발의 상황에서도 비첼의 표정은 담담했다. 도끼를 일자로 들고 양 발을 벌려 오롯이 섰다. 대지에 박아 넣은 두 다리는 굳건했다.

그것을 본 코비치치의 표정이 순간 변했다.

'무슨… 사람이 저토록 단단해 보이는 거지?'

그랬다.

굳건한 고목을 보는 듯한 느낌이었다. 대지에 뿌리박은 채 폭풍에도 흔들리지 않는 단단함이 비첼에게서 느껴졌다. 그것을 느끼자 무언가 일이 잘못되었단 생각이 퍼뜩 들었다.

그러나 그런 생각이 행동으로 이어지기 전에, 코비치치와 비첼이 격돌했다.

비첼은 도끼를 들었다. 도끼날위로 안개가 자욱하게 피어올랐다. 희미한 안개가 아닌, 뿌옇게 시야를 잔뜩 메우는 안개. 비첼은 육체에 담긴 모든 기운을 잔뜩 끌어냈다.

그만큼 코비치치의 차지는 비첼에게 강한 경고를 주었다.

"오라!"

비첼의 외침이 쩌렁쩌렁 울렸다.

달려오는 인마를 앞에 두고 도끼를 든 비첼의 모습은 위풍당당하기 짝이 없었다.

그런 모습을 병사들은 무모하다 여겼지만, 지금까지 보여준 모습에 '혹시나' 싶은 마음을 가졌다.

'단 한 방!'

그 이상은 없다!

검끝이 도끼날과 부딪쳤다.

엄청난 반탄력이 도끼를 타고 손목에 전해졌다. 당장에라도 손목이 떨어져나갈 것만 같은 고통이 엄습했다. 하나 비첼은 그 순간에 한발 더 나아갔다.

카카캉!

"무, 무슨……!"

코비치치의 눈동자가 거세게 흔들렸다.

검끝이 쪼개지고 있었다. 붉은빛의 마나가 좌우로 쫙 갈라지며 길을 열었고, 그 길로 도끼날이 거침없이 몸을 밀고 왔다. 검신이 세로로 쪼개져 나갔다.

그 말도 안 되는 모습에 코비치치의 얼굴이 새하얗게 질렸다.

카카칵! 푸악!

"억!"

도끼날은 검신을 파고들어 완전히 쪼개버리고는 손목마저 잘라버렸다.

검과 손목을 잃은 코비치치는 아찔한 고통에 중심을 잃어 말에서 떨어졌다.

"마, 말도 안 돼……."

비틀거리며 억지로 일어서는 코비치치의 눈동자엔 강한 불신이 어렸다.

그런 코비치치에게 다가간 비첼은 아무 말 없이 도끼를 세웠다.

그의 주위로 피어오르는 자욱한 안개에 불현듯 스치는 생각이 있었다.

언젠가 들었던 소문.

로스트에 기사를 무력화시키는 비기를 가진 놈이 존재하

고, 그를 쫓기 위해 파우띠나가 나섰다는 얘기가 한동안 떠들썩했었다.

기사로 태어나 기사로 살아온 코비치치는 허황된 말이라 치부했었다.

지금 그 소문이 코비치치의 머릿속을 헤집었다.

"설마… 너, 너 로스트의……."

"거기까지."

비첼은 더 이상 코비치치의 말을 들어주지 않았다. 도끼가 한 번 움직이더니 머리가 수박처럼 쪼개졌다.

기병대를 이끄는 기병대장의 죽음치고는 허무한 죽음이었다.

그렇게 코비치치까지 죽인 비첼의 안색은 창백했다.

"후우. 힘들군."

순간 비첼의 몸이 살짝 흔들렸다. 간신히 도끼로 지팡이처럼 땅을 짚어 중심을 잡았다.

전신이 땀으로 흠뻑 젖어 있었다.

코비치치의 차지를 막기 위해 모든 기운을 쏟아부으니 피로가 엄습했다.

두두두두.

지축을 울리는 진동이 발을 타고 전신으로 느껴졌다.

온몸이 천근만근 무거워진 상황. 이런 상황에서 기사단이 돌격해 온다면 비첼로서도 막을 도리가 없다. 그저 처참하게 랜스에 꿰일 뿐.

그러나 비첼의 입가가 호선을 그렸다.

진동은, 앞이 아닌 뒤에서 느껴지고 있었다.

"기사단과 기병대 돌격하라! 성문을 사수하라!"

두두두두!

성루 책임자 코라코의 외침과 함께 비첼의 뒤에서 기사단이 쏟아져 나왔다.

비첼은, 그 역할을 다한 것이다.

* * *

"놀랍군요. 벌써 다 치유되었어요."

놀랍다는 듯이 반응하는 상대의 모습에 비첼은 멋쩍은 표정을 지었다.

"원래 상처가 빨리 아무는 편입니다."

"그건 외상이나 그러죠. 로무 씨는 내부가 완전 진탕이 되었어요."

"엘레나 님의 치유 마법 덕분입니다."

"이런, 아니에요. 이 정도 치유력이면 제 치유 마법은 연합에서도 손에 꼽힐걸요? 전 말단에 불과해요."

이마를 짚으며 한숨을 내쉬는 여성은 엘레나라는 이름의 마법사였다.

비첼의 활약으로 인해 남문이 무사히 지켜졌다. 비록 비첼이 명령도 없이 행동했다는 점이 불거졌지만 성문을 지킨 공을 인정받아 처벌은 없게 됐다. 오히려 치료사로 귀한 마법사를 붙여주는 행동까지 해줬다.

'주목받게 됐군.'

말단 병사가 기사도 해내기 어려운 일을 해냈다.

홀로 기병대로부터 성문을 막은 것이다. 그중 하나는 어느 정도 경지에 오른 기사였음을 감안하면 엄청난 일이다.

상부에서도 비첼은 상당한 주목을 받고 있었다.

"마음 같아선 연구라도 해보고 싶지만……."

천연덕스럽게 말하는 엘레나의 말에 비첼은 쓰게 웃었다.

마법사하고 이렇게 가까이서 대화하는 건 처음이지만 마법사의 독특한 사고방식은 꽤나 재미있었다.

"사령관님이 찾으시니 어서 가보세요. 이미 다 치료는 끝났어요. 딱히 손 쓴 것도 없지만."

"고맙습니다."

"고마우면 나중에 시간 좀 내줘요. 사람의 몸이 어떻게 그리 빠르게 치유가 되는지 궁금하거든요."

태연하게 말하는 엘레나의 모습에 비첼은 애써 웃으며 병상을 빠져나왔다.

병상을 나와 사령관을 만나러가는 비첼은 조용히 생각에 잠겼다.

'내 정체에 대해 의심을 하겠지.'

하급병졸이 기병들을 막아내고 기사를 죽였다.

그것도 압도적인 무력으로.

공을 치하하는 것을 떠나서 수뇌부들은 비첼을 의심할 수 밖에 없는 상황이다.

'어차피 하급병으로서 할 수 있는 건 없다. 차라리 정체를 밝혀야겠어.'

비첼이 과감하게 행동했던 것에는 이유가 있었다.

하급병졸이었기에 전쟁을 치르면서도 그가 주도적으로 뭔가 할 수 있었던 일은 없었다.

그것을 극복하기 위해 비첼은 정체를 밝히기로 결심했다.

이왕 밝힐 것이면, 뭔가 활약을 보여줘야 한다는 생각이 들었다. 그래야 함부로 쉬이 대할 수 없을 테니까.

사령관실로 향하는 비첼에게 수많은 시선이 쏟아졌다.

성내에 유명인사가 된 까닭이었다.

"저 녀석인가?"

"아까 마법사가 들어간 막사에서 나온 걸 보니 그런 것 같네."

"소문이 사실일까?"

"지랄. 말이 되냐. 그냥 어쩌다 운 좋게 죽은 기사 시체라도 들고 왔나보지."

"흠. 하긴 병사 따위가 어떻게 기사를 이겨?"

자신을 두고 속닥대는 대화에 비첼은 쓰게 웃었다.

슬쩍 계급표를 보니 비첼보단 계급이 높은 병사들이었다.

남문에 있지 않았던 병사들도 비첼에 대한 소식은 들었지만 쉬이 믿지 않았다.

워낙 허황된 소문이라고 여긴 것이다.

무엇보다 자기들보다 계급이 낮은 신병이 활약하고 공을 세웠다는 것.

이건 자신들보다 계급이 높아질 수도 있음을 의미했다.

어느 군대에서나 이런 상황을 쉬이 용납하기란 어려운 일이다.

햇병아리 신입이 하루아침에 상전 노릇을 한다면?

군대의 생리에 대해 알고 있는 비첼은 애써 무시하며 걸음을 빨리했다.

챙.

"무슨 일이냐?"

사령관이 있는 곳에 가자 기사 한 명이 성큼 다가와 길을 막았다.

"사령관님께서 찾으셔서 왔습니다."

"네가 로무인가?"

"그렇습니다."

"호."

그러자 기사가 눈을 동그랗게 뜨고 비첼을 유심히 살폈다.

비첼의 몸 곳곳을 샅샅이 훔치는 시선이었다.

"몸이 정말 좋군. 근육들도 요소마다 잘 단련되어 있고. 혹시 용병이었느냐?"

"아닙니다. 저, 사령관께서 찾으신지 시간이 오래 지났습니다만."

"아아. 이거 참 내 정신머리하곤. 궁금해서 물어본 것이다. 남문에서 기병대를 막고 기사를 죽이면서 성문을 지켰다면서? 자 들어가 보거라."

기사의 시선은 제법 호의적이었다.

한낱 병사에 불과하지만, 담대한 배짱으로 성문을 막아낸 공로는 기사들에게 큰 호감을 주게 했다. 적어도 이런저런 이유로 싸움을 미루는 것이 아닌 적을 앞에 두고 자국의 시민을 보호하기 위한 기사도와 일맥상통하지 않는가.

그것이 비첼을 바라보는 기사들의 시선이 호의적인 이유였다.

기사가 비켜서자 비첼은 한 번 심호흡을 하고 문을 열고 들어갔다.

"……."

안에는 대략 열 명 안팎의 사람이 모여 있었다.

비첼은 맨 상석 위에 앉아 있는 강직한 얼굴의 사내를 바라보았다.

저번에 신병들이 모였을 때 본적이 있었던 얼굴이다.

이번 연합군의 총사령관 척 모리스.

그의 부리부리한 시선이 비첼에게 꽂혔다.

"충성. 하등병 로무, 부르심을 듣고 찾아왔습니다."

비첼은 흔들림 없이 경례를 올렸다.

그러자 주위 수뇌부들이 대놓고 수군거렸다.

"저 병사가 남문을 지켰다는 그놈이오?"

"듣자하니 기사도 죽였다는데, 그게 가당키나 하는 말입니까?"

"뭐, 병사들의 증언도 있고 하니……."

수뇌부들 대다수는 비첼의 활약을 못 믿는 눈치였다.

"맞습니다."

그때, 척 모리스 가까이 있던 기사가 조용히 입을 열었다.

그는 바로 남문 성루 책임자인 코라코였다.

"제가 두 눈으로 똑똑히 보았습니다. 저 병사가 아니었다면 남문은 점령되지 않더라도 큰 피해를 입었을 것입니다."

척 모리스의 제자이자 뛰어난 기사이기도 한 코라코의 증언에 수뇌부들은 더 이상 왈가왈부하지 못했다. 기사가 직접 두 눈으로 봤다는데 더 의심하기도 어려운 일이다.

비첼은 그런 상황을 뒤로하고 오로지 척 모리스만을 바라보았다.

척 모리스는 흥미롭다는 듯한 시선으로 비첼을 쏘아보았다.

그 시선이 마치 호랑이의 눈빛 같았다.

간담이 서늘해질 정도로 날카롭기 짝이 없었다.

'난 사람이다……!'

직감적으로 느껴졌다. 과연 연합군의 총사령관이란 감투를 쓸 만한 인물임이 눈빛만으로도 느껴졌다. 이윽고 척 모리스가 입을 열었다.

저음이지만 잔잔히 울리는, 깊고 중후한 음성이었다.

"로무. 자네의 활약은 익히 들었네. 성문을 지켰다면서?"

"과장된 것입니다. 기사단의 재빠른 반격이 없었으면 영락없이 죽었을 겁니다."

"그렇더라도 기병들을 막아내지 않았는가. 말을 탄 기병을 두 다리로 막는다는 건 기사가 아닌 이상 어렵지."

"……."

비첼은 대답하지 않았다. 살짝 말을 비꼬는 듯한 느낌이 들었다.

'의심하고 있구나.'

입맛이 씁쓸했다.

예상한 결과지만 척 모리스는 비첼의 정체를 의심하고 있었다. 하나 바로 그의 의도에 말려들 생각은 없었다. 비첼은 담담한 표정으로 답했다.

"운이 좋았을 뿐입니다."

"운이 좋다고? 하하하! 운이 좋다!"

척 모리스는 크게 웃으며 자리에서 벌떡 일어섰다.

그리고 마치 산책하듯 천천히 발걸음을 옮겼다. 어느새 비첼 가까이 다가온 척 모리스는 두 눈을 지그시 감고는 중얼거리듯 말했다.

"운이 좋아 기병대를 막고 기사를 죽였단 말인가? 아무리 병사의 무력이 대단하다고 한들! 설령 용병으로 싸움이라면 이골이 났다고 한들! 상대는 말을 타고 달려오는 기사! 기병! 어찌 한낱 도끼로 막는단 말인가?"

분위기가 순식간에 싸늘해졌다.

수뇌부들이 바보가 아닌 이상 척 모리스의 의견이 어떤지는 금방 이해했다.

비첼의 정체를 전적으로 의심하는 것이다.

"정체가 무엇이냐."

채앵.

"……."

날카로운 칼날이 어느새 비첼의 목에 닿았다.

금속의 차가운 느낌이 전해짐에도 비첼의 얼굴은 담담했다. 척 모리스가 검을 꺼내드는 순간 피할 수 있었지만 그러지 않았다. 피한다고 한들 상황이 좋게 흘러갈 리는 없으니까.

더구나 비첼은 여기서 척 모리스가 자신을 죽이지 않으리라고 여겼다.

"제국의 간자더냐. 공을 세워 수뇌부가 될 속셈이었느냐."

척 모리스의 음성에는 살기까지 느껴졌다.

여차하면 칼을 휘두를 속셈이었는지 말하는 그의 표정은 험상궂기 짝이 없었다.

"내 네놈의 정체를 한번 살펴봤다. 신분증을 위조했더군."

"그, 그런!"

"신분증을 위조하다니요?"

신분증을 위조했다는 말이 나오자 묵묵히 지켜만 보던 수뇌부들도 대경실색했다.

무슨 이유로 신분증을 위조했는가?

정말 척 모리스의 의심대로 제국의 간자라도 된단 말인가?

거기까지 생각이 미치자 비첼을 바라보는 수뇌부들의 시선이 더없이 싸늘해졌다. 심지어는 그를 은연중에 인정하고 응원해주던 코라코의 표정도 딱딱해졌다.

그런 모습을 보며 비첼은 짧게 한숨을 내쉬었다.

"내 정체가 그리 궁금하오?"

"……!"

척 모리스의 동공이 순간 흔들렸다.

비첼의 어투가 바뀌었다.

상관을 대하는 하급자의 태도가 아닌, 마치 같은 연배나 신분을 대하는 듯한 말투였다.

문제는 어투가 바뀌자 분위기가 순간 급변했다는 것이다.

척 모리스도 함부로 할 수 없는 그 무언가가 있었다.

스윽.

"일단 칼부터 치우시오."

비첼은 담담하게 목에 닿아 있던 칼을 스윽 밀었다.

"…누구냐."

척 모리스는 힘을 주고 있던 칼이 스르르 밀리자 비첼의 정체가 심상치 않음을 느꼈다. 자신의 살기 앞에서도 조금의 표정 변화도 없다. 경지에 오른 기사이기도한 척 모리스의 검을 쉽게 밀어냈다는 것도 상대가 만만치 않음을 증명했다.

비첼은 척 모리스를 지그시 바라보았다.

"소개하겠소. 내 이름은 비첼이오."

"로무란 이름은 조작된 것이군."

"신분증을 위조했소. 난 도시 국가 연합의 시민이 아니오. 결국 전쟁에 참전하기 위해 어쩔 수 없었소."

"참전하기 위해? 무슨 소리냐. 시민도 아니면서 왜 이 전쟁에 끼어드려는 거지?"

"내 적은 제국이오. 붉은 제국이 내 유일한 적이지."

"……."

"로스트 부흥군에서 왔소."

* * *

에페르넨에 들어온 오천의 피난민들은 도시 한구석에 수용되었다.

도시는 포화상태였다. 군사들과 도시를 떠나지 않고 남아 있는 시민들의 숫자만 해도 일만에 달했다. 거기에 오천의 피난민이 들어오자 도시는 사람들로 가득 찼다.

"전쟁터가 아닌 완전 시장바닥인데."

"이거, 아무래도 제국이 유리한 것 같은데. 털보, 당신이 보기엔 어떻소?"

사람들이 바글대는 가운데 유난히 침착한 얼굴의 두 사내가 있었다.

한 명은 얼굴에 잔뜩 불만이 묻어 있는 젊은 사내였고, 한 명은 얼굴에도 털이 수더분해서 나이를 짐작하기 어려운 중년인이었다. 그러나 덩치는 산만해서 피난민들에서도 유난히 눈에 띄었다.

"내가 보기에도 제국이 이길 것 같다."

"염병할……. 도대체 제국을 막아낼 놈들은 없단 말이오?"

"으음……."

대화를 나누는 두 사내의 정체는 다름 아닌 노카일과 코아락이었다.

비첼의 흔적을 좇던 둘은 도시 국가의 상인들을 접할 수 있었다.

수소문한 결과 죽은듯한 시체를 들고 에페르넨으로 들어

간 상단이 있었단 소문을 들었다. 노카일과 코아락은 그 시체가 비첼이라고 추측하고 무작정 에페르넨을 향하다 피난민 무리에 섞인 것이다.

“털보. 그 사람… 비첼이 맞았수?”

“맞았네. 분명 그였어.”

코아락이 고개를 끄덕였다.

성문으로 들어가는 도중에 그 둘은 보았다.

성문 앞을 오롯이 막아내던 한 사내, 비첼을 말이다. 비록 뒷모습밖에 보진 못했지만 그를 오랫동안 지켜본 노카일과 코아락은 비첼임을 바로 간파해냈다.

“문제는 왜 비첼이 연합군에 속해서 싸우고 있냐 말이오. 전쟁이 벌어지는 혼란스러운 상황이라면, 비첼 그 녀석 정도는 충분히 성을 빠져나왔을 수 있었을 터인데.”

“무슨 이유가 있겠지.”

“젠장. 비첼이 맞아야 하는데. 니미럴, 확인할 방법도 없으니.”

“병사로 지원해도 못 들어갈 것 같아. 연합이 제국을 막기 위해 군사를 한곳에 집중시킨 것이 패착이야.”

“군사들의 질도 차이가 안 나고, 오히려 착용한 장비를 보면 연합군이 더 대단한 것 같은데. 염병할 보급이 끊길 줄은 몰랐겠지.”

“상인들이 많은 연합이 보급을 걱정했을 리가 없지. 제국이 기병대를 대량으로 운용하며 보급선을 끊어놓을 줄은 예상도 못했을 거야."

"하. 이거 참. 군사가 많고 피해도 없는데도 무너지게 생기다니. 참 아이러니요. 식량이 부족해 지원병도 받지 않으니. 세상에 어떤 전장에서 지원병을 안 받는단 말이오?"

노카일과 코아락의 대화처럼 에페르넨의 상황은 아이러니했다.

전쟁이라면 병사들을 더욱 더 징집하려고 애를 썼을 터인데, 여기선 오히려 지원병을 받지 않고 있다. 이미 포화상태에 이르렀기 때문이고, 보급이 이루어지지 않아 극심한 식량난을 겪고 있다. 괜히 밥을 더 축내는 병사를 늘릴 필요가 없었다.

"배급이오!"

"모두 줄을 서시오!"

그때 병사 다섯이 수레를 끌고 다가와 외쳤다.

배급이란 얘기에 옹기종기 앉아 있던 피난민들이 일제히 일어섰다.

모두들 도망치면서 제대로 된 식사를 하지 못했다. 노카일과 코아락도 꼬박 이틀을 굶은 상태였다.

"일단 밥이나 먹고 생각합시다. 털보 양반."

"거참. 말본새 하고는, 버르장머리 없는 녀석."

"허. 비첼 그놈도 나하고 친구 먹은 것처럼 하는데 나라고 못할게 뭐 있소."

"뺀질이 자식. 에휴, 어여 가자고."

털보는 한숨을 내쉬었지만 기분 나쁜 표정은 아니었다.

전장에서 함께 살아남은 두 사람, 아니 비첼까지 포함해 세 명의 관계는 마치 형제와도 같이 끈끈했다. 비록 나이차가 제법 있지만 그것을 뛰어넘는 무언가 있었다.

그런데 배급을 받기 위해 줄 선 사람들 사이가 소란스러워졌다.

"뭔 일이 났나본데?"

"음."

노카일과 코아락의 시선이 줄 맨 앞에 향했다.

"젠장! 이딴 걸 사람 먹으라고 나눠준 거요? 지금 장난하십니까. 며칠을 굶었는데 이런 희멀건 수프 한 접시요?"

얼굴에 검댕이 묻고 피로에 잔뜩 찌든 사내가 바락바락 외쳤다. 그의 손에는 작은 접시에 담긴 희멀건 수프가 있었다. 수프의 색을 보건데 물을 잔뜩 섞은 수프가 분명했다.

"식량이 부족하다. 이 정도로만 해도 감지덕지해!"

병사 하나가 난동을 피우는 사내를 강하게 제지했다.

그러자 사내의 얼굴이 붉으락푸르락 변했다.

"하. 감지덕지하라고? 며칠을 굶었는데 고작 이것만 먹으라고? 배급도 하루에 한 번이라며!"

눈을 치켜뜨며 달려드는 사내의 모습에 병사는 적잖이 당황했다.

사내뿐만 아니라 많은 피난민들이 형편없는 배급에 크게 분노하고 있었다. 살기 위해서 며칠을 견디며 이곳까지 왔는데 물을 잔뜩 섞은 수프 한 접시라니! 하루에 고작 한 접시만을 먹으며 어찌 버틴단 말인가?

"조금이라도 더 주시오! 니미럴. 병사들 창칼을 보면 제국군보다 더한데 식량이 없는 게 말이나 되오?"

"옳소! 난 애가 있소! 나는 괜찮지만 애한테는 조금이라도 더 주시오!"

"빵은 바라지도 않으니 조금이라도 더 주시오!"

사내의 외침에 피난민들이 동조했다.

"이, 이것들이!"

수백 명의 피난민들이 일제히 외치자 병사들의 얼굴엔 당황한 기색이 역력했다.

병사들이 별 수를 쓰지 못하자 처음 달려들던 사내는 의기양양해져서 더욱 소리쳤다.

"더 주시오! 우리가 이런 걸 먹을 때 귀족 양반들은 와인과 고리를 먹을 거 아니요? 더 주시오!"

"조금이라도 더 주시오!"

"결코 이걸로 만족하지 못하겠습니다!"

당장에라도 폭발할 것처럼 외쳐대는 피난민들.

성난 민중들을 언제 병사들이 겪어 봤는가? 도시 국가는 늘 평화로웠다. 부유했고 모자람이 없었다. 그래서 시민들이 일제히 이렇게 일어서 항의한 적이 별로 없다.

처음 겪어보는 상황에 병사들의 얼굴이 핼쑥해졌다.

상황이 심각해지자 지켜보던 노카일과 코아락의 얼굴도 딱딱하게 굳어졌다.

"사단이… 나겠군."

코아락의 중얼거림은 애석하게도 정확하게 들어맞았다.

결국 사단이 나고 말았다.

푸욱!

"억!"

"사, 사람을 죽였다!"

"병사가 사람을 죽였다!"

"맙소사!"

참지 못한 병사가 사람들을 이끌던 사내의 복부에 칼을 박아 넣었다.

사내는 고통에 일그러진 얼굴로 쓰러졌다.

그러한 모습은 들불에 기름을 부은 것과 같았다.

귀족이란 특별계급이 있지만 도시 국가의 시민들은 평등했다.

정치에 직접적으로 참여하지는 못했지만 왕이 없이 통령이 집권하는 사회였기에 시민들도 자신들의 권리를 주장할 줄 알았다. 그들은 스스로를 자유민이라고 여겼다.

그런 시민을 병사가 죽였다?

이것은 평상시라면 절대 일어날 수 없는 상황이었다.

"저런, 어찌 자유민을 죽인단 말이오?"

"재판도 없이 다짜고짜 사람을 죽일 권리는 없소!"

"저 개자식을 잡읍시다! 병사를 잡고 귀족원에 당당히 항의를 합시다! 비록 우리가 피난민이라지만 우린 자랑스런 시민이고, 자유민이오!"

"그럽시다!"

다른 왕국이었다면 상상도 못할 일이었다.

재판이 없어도 병사들은 어느 정도 천민들을 처분할 권리는 있었다. 또 백성들이 병사들에 대항해 일어설 수는 없었다. 하지만 이곳은 도시 국가였다. 시민들은 병사의 부당한 행위에 일제히 항거했다.

"이, 이런!"

"썩 물러가지 못하겠느냐! 우린 사령관님의 명령을 받고… 억!"

퍽!

어디선가 돌멩이가 날아와 병사의 머리통을 때렸다.

이마가 깨져 피가 주룩 흘러내렸다. 피를 보자 당황해하던 병사들의 표정도 싸늘해졌다.

채앵, 채채챙!

비록 병사의 숫자는 다섯이지만 그들은 무기를 갖고 있었다.

잘 벼른 검이 예기를 뽐내자 당장에라도 달려들 것처럼 일제히 일어나던 피난민들이 멈칫했다.

"물러서라!"

"배급을 받고 싶으면 당장 물러서!"

허공에 칼을 휘휘 휘두르자 피난민들이 주춤했다. 하나 그것도 잠시였다.

"우리가 숫자가 더 많소!"

"창칼에 두려워하지 맙시다! 무력으로 폭거를 행할 수는 없소. 여긴 자유로운 시민들이 존재하는 도시 국가요!"

"갑시다! 저놈들을 잡읍시다!"

"와아아!"

시민들이 일제히 돌을 던지며 달려들었다. 자신의 안위를 걱정도 하지 않고 달려드는 성난 민중들.

병사들은 어찌할 바를 모르다 결국 검을 휘둘렀다.

푸악!

푸욱!

"어억!"

"또 죽였다! 병사가 사람을 또 죽였다!"

"저놈을 잡으시오!"

아비규환이었다.

병사들이 피난민을 죽이고 피난민들은 돌을 던지고 맞섰다.

결국 피난민들이 이길 수밖에 없었다. 병사들의 숫자는 다섯이었지만 분노한 피난민은 오천이나 되었다.

"네, 네 이놈들! 지금은 전시란 말이다!"

"전시에 병사를 죽이면 너희들이 어찌… 컥!"

"닥쳐!"

흡사 집단광기와 같았다.

피난민들은 병사를 일제히 잡아 때리고 또 때렸다. 창칼을 뺏긴 병사들은 무기력하게 맞고 또 맞았다. 결국 버티지 못한 병사들은 피멍이 든 처참한 모습으로 죽어나갔다.

그러한 모습을 똑똑히 지켜본 노카일과 코아락의 얼굴은 더없이 침중해졌다.

"염병할……."

"제국이… 이겼군. 확실해."

"하, 현재 상황을 정확하게 보여주는군. 빌어먹을."

그랬다.

피난민들의 집단난동은 지금 에페르넨이 처한 상황을 정확히 보여주고 있었다.

Chapter 04
시가전을 계획하다

비첼의 말에 수뇌부들은 잠시 침묵을 지켰다. 그런 침묵을 깬 건 척 모리스였다.

"로스트 부흥군……?"

"그렇소."

"이미 멸망해버린 왕국이지 않느냐."

"아니, 우린 싸우고 있소. 수도가 점령된 그날 이후부터 지금까지 싸워왔소."

"……."

비첼의 정체가 밝혀지자 침묵이 감돌았다.

의심했던 제국의 간자가 아니란 점에서는 다행이었지만

생각지도 않던 로스트 부흥군이란 얘기에 혼란이 일었다.

척 모리스도 예상 못했는지 한동안 말을 잇지 못했다.

"부흥군이 어찌 정체를 숨기고 들어왔느냐!"

"말했잖소? 제국은 우리의 적이오."

"적?"

"공동의 적을 둔 이상, 도시 국가들과 로스트 부흥군은 연맹을 맺을 수 있지 않겠소?"

"……."

비첼은 한 걸음 앞으로 다가섰다.

"난 제국군에 쫓겨 몸을 피하다 이곳까지 왔소. 한데 깨어나고 보니 전쟁이 코앞이었지. 그때 내가 할 수 있는 선택은 연합군의 편에 서서 제국과 싸우는 것이었소."

"네가 무얼 할 수 있기에 그리 말하는 것이냐."

"난 전쟁을 겪어봤소."

"……!"

그 말에 척 모리스는 입을 다물었다.

"로만의 옥르하틴에서도 싸웠고, 로스트의 카이로에서도 싸웠소. 그리고 북방의 칼칼로에서도 싸웠지. 그 이후에도 계속해서 싸워왔소. 프랑크바크 수용소를 습격하고 제국의 관리를 죽이고……. 난 경험이 많소이다."

"웃기는 소리!"

"고작 약관이나 되어 보이는 청년이지 않은가?"

"나이로 사람을 평가하오? 그렇다면 실망이오. 척 모리스 사령관."

"…저런 무엄한!"

비첼의 비아냥거림에 지켜보던 수뇌부들이 분분히 일어섰다. 그러자 척 모리스가 슬쩍 손짓했다. 끼어들지 말라는 의미였다.

비첼을 바라보는 척 모리스의 시선은 깊게 가라앉았다.

"그래도 너의 말을 다 믿기엔 어렵다. 어찌 증명할 것인가?"

"제국과 싸워 증명하겠소."

"웃기는 소리. 아직 네가 제국의 간자가 아니라는 것도 제대로 증명하지 못했다. 비록 네가 말한 바가 사실이라고 해도 전쟁은 고작 한 사람이 바뀌게 할 정도로 녹록치 않다."

"한 사람의 지휘가 전쟁을 바꾸기도 하지."

"……."

"확실한 건 에페르넨은 함락될 것이오. 밖이 아니라, 안에서."

비첼의 말은 차갑기 그지없었다.

당장에라도 서리가 가라앉을 정도로 싸늘했다. 주위가 비첼의 기세로 뒤덮이자 수뇌부들은 모두 입을 다물었다.

비첼의 말은 충격적이었지만, 수뇌부들도 은연중에 느끼고 있었기에 공감할 수밖에 없었다.

하나 총사령관이 척 모리스에게 대놓고 직언을 던진 이는 단 한 명도 없었다.

"으음……."

척 모리스의 입에서 가느다란 침음성이 흘렀다.

어찌할 것인가?

어떻게 대처할 것인가?

수뇌부들의 시선이 모두 척 모리스에게 꽂혔을 그때.

누군가 문도 두드리지 않고 안으로 들이닥쳤다.

"큰일났습니다!"

안에 들이닥친 병사의 얼굴은 핼쑥했다.

순간 수뇌부들은 제국군이 무슨 수를 쓴 것이 아닌가 생각할 정도로 급박해보였다.

"무슨 일이냐! 무슨 일이기에 이리 호들갑이냐!"

"지금 폭동이 일어났습니다!"

"뭐?"

"폭동이라니……."

"지금 상황이 어떤 상황인데 폭동이라니?"

전령의 말에 수뇌부들의 얼굴이 아연해졌다.

"일의 전말을 제대로 말하거라!"

"배급에 불만을 가진 피난민들이 일제히 폭동을 일으켰습니다. 배급을 하던 병사 다섯이 처참하게 죽었고 지금 피난민 수용소에서 장애물을 쌓아 바리케이드로 만들고 농성중입니다."

"……!"

방 안에는 숨도 못 쉴 것만 같은 압박감이 가득했다.

얼마나 시간이 흘렀을까.

침묵을 지키던 척 모리스가 코라코를 지명했다.

"코라코 경."

"예, 사령관 각하."

"자네는 이놈을 한곳에 가두고 감시하게. 그리고 나머지는 나를 따라 피난민을 수용한 곳으로 갑시다. 지금 운용할 수 있는 병사와 기사를 집결시키고. 어서!"

상황이 급박하게 돌아갔다.

제국군이 다시 공격해온 것도 아니었다. 세상에나, 폭동이라니.

수뇌부들의 얼굴엔 믿을 수 없다는 기색이 역력했다. 전시에 폭동을 일으킬 줄은 누가 알았던가. 위험을 감수하고 피난민을 받아주기까지 했는데…….

"따라오게."

코라코는 척 모리스의 말대로 비첼을 이끌고 밖으로 먼저 나갔다.

그 뒷모습을 지켜보던 척 모리스는 순간 간담이 서늘해졌다.

'확실한 건 에페르넨은 함락될 것이오. 밖이 아니라, 안에서.'

비첼이 했던 말이 귓속에서 메아리처럼 울렸다.

우득.

"정녕… 안에서 무너지는 것인가."

척 모리스의 한탄이 나직이 퍼졌다.

*　*　*

"이곳에서 꼼짝도 말라!"

"흠."

코라코가 비첼을 이끌고 온 곳은 제법 널찍한 저택이었다. 누군가 피난을 가면서 버려놨는지 식기들과 여러 물품이 그대로 있었다.

비첼은 묵묵히 코라코의 말에 순순히 따랐다.

코라코는 비첼이 앉은 맞은편 소파에 앉았다. 그의 날카로운 시선이 비첼에게 쏟아졌음에도 여전히 담담했다.

'갈피를 못 잡겠군.'

수련을 해온 기사의 눈빛이란 건 힘이 있다.

일반 병사나 범인이 감당하기엔 부담스럽고 위협적이기까지 하다. 한데 비첼은 그런 시선을 받아내면서도 담담했다. 마치 그보다 더 심한 것들 겪은 듯한 모습이었다.

그러자 비첼이 했던 말들이 떠올랐다.

"경험이 많다고?"

"……."

"정말로 로스트 부흥군인가?"

코라코의 질문에 비첼은 고개를 끄덕였다. 다른 이들과는 달리 자신에게 조금은 호의적인 코라코였다. 순간 비첼의 머리가 맹렬하게 회전했다.

'이자를 포섭해야 한다.'

척 모리스나 그 외 수뇌부들은 비첼을 쉬이 믿지 못했다.

신뢰를 주지 않았다. 이래서는 비첼이 계획했던 바대로 움직이지 못한다.

차라리 그에게 호감이 있는 코라코를 비롯한 기사들을 포섭하는 것이 이득이다.

거기까지 생각이 미치자 비첼은 곧바로 행동으로 옮겼다.

"이게 내 신분패요. 부흥군 내에서 증명하는 신분패지."

"음……. 비첼이라."

"당신들은 제국군과 싸운 지 고작 한 달도 되지 않았지만 난 4년, 아니 5년이 넘었소. 그만큼 싸운 경험도 많지."

"……."

"제국을 상대했던 국가들의 가장 큰 약점이 뭔지 아시오?"

"말하라."

"경험이 부족했다는 것이오."

"……."

비첼의 말에 동감하는지 코라코는 미미하게 고개를 끄덕였다.

"오랜 기간 동안 전국시대로 분열된 제국은 늘 싸웠고 싸워왔소. 그리고 통일된 제국의 힘은 강성하기 짝이 없지. 그간의 전쟁경험과 단련된 정예병들. 이들을 상대하기엔 다른 왕국이나 도시 국가들은 오랜 평화 속에 살지 않았소?"

"그랬지."

"그것이 치명적인 이유요."

"경험의 부족인가……."

"전투는 강력한 힘을 가진 하나의 영웅이 좌지우지할 수 있소. 마치 고대의 전쟁 때처럼."

"그래. 그렇다. 전투는 영웅이 있느냐 없냐에 다르지."

그렇게 말하며 코라코는 남문에서 있었던 일을 떠올렸다.

홀로 기병들과 기사를 막아낸 비첼의 모습은 마치 그 영웅의 모습과도 같지 않던가?

"하나 전쟁은 아니오."

"무슨 말이지?"

"수만의 병사들이 부딪치는 괴물 같은 전쟁은 칼만 잘 휘두르는 영웅은 아무것도 아니오. 침착하고 냉정하고 그리고 무서울 정도의 계략을 짜내는 지휘관이 전쟁의 양상을 뒤바

꿀 수 있소."

"그 말은… 지금 총사령관이 잘못하고 있다는 것인가?"

"그렇소."

채앵!

"네 이놈……!"

비첼을 향한 칼끝이 부르르 떨렸다.

척 모리스는 존경을 받아 마땅한 인물이었다. 덕장이라고 불릴 정도로 병사들을 아꼈다. 뿐만 아니라 귀족원의 부원장으로 시민들의 의견을 반영하는 경우도 많았다.

적어도 그는 존경을 받을 만한 위인이었고, 사사로이는 코라코의 스승이었다.

"그러나 지휘관으로서는 좋은 점수를 주기 어렵지."

"이놈!"

"내 말이 틀렸나?"

비첼의 어투는 다시 한 번 바뀌었다. 하오체도 아닌 완전한 반말이었다. 그러나 그런 변화를 감지하지도 못할 정도로 코라코는 흥분해 있었다.

"닥쳐라! 네가 무얼 안다고 그러는 것이냐!"

"훌륭한 지휘관이었으면 이런 상황에서 폭동이 일어났겠어?"

"이 자식이……."

"그는 경험이 없다. 내말이 틀렸나?"

"……!"

"검을 갈고 닦은 기사로서는 충분하지. 병사들을 이끌고 다독이는 것에도 충분하지. 그렇지만 경험이 없다. 전쟁 경험이 없다고. 그래서 이런 상황을 타개하지도 못하지."

"대체……."

그제야 코라코는 흥분을 가라앉히고 검을 거두었다. 그리고 설원의 얼음보다도 차가운 시선으로 비첼을 노려봤다. 비첼의 입가에 싸늘한 미소가 짙어졌다.

"너도 알지 않는가. 지금 상황이 어떤지. 보급은 끊겼고 쓸데없이 밥만 축내는 군사만 오만에 달한다. 제국군은 피해가 무색하게도 끊임없이 공격해 오고 남문에는 십만이 넘는 증원군이 또 왔다. 증원군이 여기서 끝일까? 전혀 아니지. 제국군이 로스트에서만 징병해서 동원할 수 있는 군사만 해도 사십만이 넘어. 아무리 오합지졸이라도 그 숫자는 무시 못하지."

"후우."

사십만이란 숫자에 코라코의 얼굴에 질린 빛이 역력했다.

"식량난은 계속 되고 먹여 살려야 할 시민과 피난민이 대략 만 오천이 되고… 폭동까지 일어났지. 이런 상황을 초래한 사람은 누구인가?"

"……."

수용 인원을 훨씬 넘는 병사를 집결시킨 이는 다름 아닌 척 모리스였다.

십만 대군의 제국군에 맞서 힘을 한데 모은다는 명분이었고 또 그것은 당연했다.

그러나 보급이 제대로 이루어진다는 가정에서 좋은 계책이었다. 이렇게 보급선이 단절된 이상 척 모리스의 수는 최악의 악수가 되고 말았다.

차마 비첼의 말에 반박하지 못하던 코라코가 간신히 입을 열었다.

목소리가 떨렸다.

"그럼… 대체 어찌해야 한단 말이냐."

"……."

비첼은 침묵했다.

얼마나 시간이 지났을까. 침묵을 깬 비첼의 대답은 그야말로 충격이었다.

"성벽을 포기해야지."

* * *

비첼이 계획한 것은 시가전(市街戰)이었다.

성벽을 버리고 도시 안으로 제국군을 끌어와 싸우는 철저한 시가전이 유일한 정답으로 보았다.

성벽 안에 갇혀 싸우면 앞서 누누이 말했다시피 안에서 무너지게 된다.

그렇다고 밖으로 나가 대회전을 하기에도 여의치 않다.

제국군은 증원군이 도착해 16만에 달했고, 연합군은 고작 5만일 뿐이다.

숫자로서 상대가 되지 않을 뿐더러 제국군은 기병대와 기사단을 운용하고 있다.

전술교육을 받는 지휘관들이 지휘를 하기 때문에 기사가 지휘관인 다른 왕국이나 도시 국가에 비해 제국은 기사단을 대규모로 운용할 수 있었다.

그러한 결과가 대회전에서 제국은 불패(不敗)의 신화를 이룩하게 했다.

그러면 방법은 한 가지다.

'무덤을 파놓고 끌어들인다!'

에페르넨은 복잡한 도시다.

수많은 건물이 곳곳에 얽혀 있다. 지금 당장 피난민들이 바리케이드를 펼쳐 농성을 벌인 것만 봐도 복잡함을 볼 수 있다. 성 안으로 끌어들여 시가전을 펼친다면 충분히 가능성이 높았다.

문제는 애초에 이런 시가전이 시민들의 피해를 불러올 수 밖에 없다.

"지금 에페르넨에 있는 시민과 피난민의 숫자가 만오천이다. 시가전을 벌인다면 평범한 민간인인 그들이 피해를 입을 수밖에 없다. 너는 피해를 강요하는 것인가?"

코라코에게 보고를 받은 척 모리스는 비첼과 면담자리를 마련했다. 여기서 비첼은 자신이 생각한 시가전에 대한 계획을 다 풀어놓았다. 그러자 척 모리스의 반응이 저랬다.

"시가전이란 것은 시민들의 피해를 감수해야만 한다. 우리는 시민들을 지키기 위해 싸우는 것이다. 한데 시민을 앞에 세우란 말인가?"

"시민을 앞에 세우라는 게 아니오. 시민들과 함께 싸우자는 거지."

쾅!

"그게 그 말이지. 지금 나랑 농담하자는 겐가?!"

척 모리스는 더 이상 참지 못하겠다는 듯 탁자를 내리쳤다. 하나 비첼은 담담하게 그 시선을 받아냈다. 아니, 오히려 더욱 몰아붙였다.

"로만이 멸망당했을 때, 옥르하틴 수성전에 대한 이야기를 아시오?"

"들어는 봤다."

"난 그 현장에 있었소."

"……."

"그 끔찍한 현장은 필설로 형용키 어렵소. 병사가 모자라 시민들이 스스로 지원해 창칼을 들었소. 늙은 노인네도, 과부들도, 어린아이들도 돌을 들고 죽창을 들고 버티며 싸웠소.

던질 돌도 떨어지자 국왕이 직접 나와 왕궁을 허물라고 명했소. 왕궁을 허물어 돌을 던졌지. 그렇게라도 싸웠소. 모든 백성이 한마음, 한뜻으로 싸웠소. 그런 와중에 폭동? 하. 그곳도 식량이 부족했소. 싸워 죽기도 전에 굶어 죽은 이들이 어디 한둘인줄 아시오? 그럼에도 폭동 같은 건 없었고, 오히려 더 맹렬히 힘을 모아 싸웠소."

"……."

현장에 있었던 자에게 듣는 이야기만큼 생생한 것은 없다.

비첼의 어조는 무심하고 담담하기 짝이 없지만, 오히려 그것이 그때 상황을 더욱 잘 보여주고 있었다. 너무나도 처참한 전장의 모습이 머릿속에서 그려지자 척 모리스는 말을 잃고 말았다.

마음이 흔들렸다.

시민들을 지키기 위해 싸운다고 생각했다.

그러나 시민들과 함께 싸워야 한다고 말하고 있다.

그렇게 흔들리는 척 모리스에게 마지막 비첼의 한마디는 비수가 되어 꽂혔다.

"전쟁이란 그런 것이오."

* * *

아직도 비첼이 제국의 간자가 아닌 로스트 부흥군이라고

쉬이 믿지 않는 수뇌부들이었다. 더구나 거기에 성벽을 버리고 시가전으로 돌입하자는 계책을 내놓자 이것은 제국의 노림수라며 반발했다.

간단히 생각해 보면 멀쩡한 성벽을 버리는 일이 얼마나 어리석은 짓인가.

더구나 일주일 넘게 계속 승전을 거두지 않았는가.

하지만 제법 생각이 깊고 시야가 넓은 이들은 비첼의 말에 동감할 수밖에 없었다.

거기에 코라코를 비롯한 일부 기사들의 지지까지 있자 척 모리스는 시가전 계획을 구체적으로 짜라 제시했다.

그러면서 비첼의 직책은 부흥군에서 온 전쟁고문이 되었고 사실상 임시동맹이 맺어진 것이다.

비첼이 가장 먼저 시작한 일은 바로 폭동을 일으킨 피난민들을 진정시키는 일이었다.

내부에 잠재되어 있는 문제를 해결해놔야 했다.

피난민들이 세운 바리케이드가 보이자 비첼은 조용히 생각에 잠겼다.

그러다 자기도 모르게 중얼거렸다.

"이상한데."

"뭐가 이상하다는 건가?"

옆에 있던 코라코가 반문했다.

비첼이 일을 수행하게 되면서 애매한 직책을 가지게 되자 코라코를 비롯한 기사들 몇이 지원해줬다. 그 덕택에 비첼은 어느 정도 일을 진행시킬 수 있었다.

"피난민이 아무리 분노했다고 해도 병사를 죽이면서까지 폭동을 일으킨다는 것이 아무리 생각해도 이상하단 말이야."

"듣자하니 병사가 먼저 피난민을 죽였다고 했다. 거기서 분노가 폭발한 것이지. 로스트에서 온 너는 모르겠지만 이곳의 시민들은 권리를 누리고 그것을 자유롭게 행사한다. 백성이 아닌 시민이라고 불리는 이유가 있는 것이다."

"그러니까 이상하다는 것이다."

"무슨 말이지?"

코라코가 이해되지 않는 듯 고개를 갸웃했다.

"그렇게 깨인 시민들이라면 지금 상황이 어떤지 잘 알 것이다. 식량이 모자르다고 말했으면 완전히 받아들이진 못해도 적어도 이해하려 노력했을 것이야. 한데 무지몽매한 사람들처럼 날뛰었다는 것이 이상하지 않나?"

"…흠."

"물론 거기까지는 그렇다고 쳐. 때론 분노가 이성을 마비시키는 법이니까. 하지만 저 바리케이드를 보라고."

비첼이 손가락으로 가리키며 말했다.

폭동을 일으킨 피난민들이 설치한 바리케이드는 겉보기에도 공고해 보였다.

건물과 건물 사이에 각종 가구를 이용해 벽을 세웠고, 건물

위에는 병사들에게서 훔쳤는지 활을 든 사람들이 경비를 서고 있었다.

척 모리스가 함부로 진압하지 않은 이유가 있었다.

공고한 바리케이드를 진압하려면 병사들도, 그리고 피난민들도 희생이 클 것이 유력했기 때문이다.

"분노로 이성을 잃을 만큼 날뛰던 피난민들이 저런 바리케이드를 세웠다? 뭔가 이상하지 않나?"

"……."

"마치… 계획한 것처럼 말이야."

"……!"

"생각해 봐. 폭동이 일어나자마자 사령관에게 정보가 들어오기도 전에 바리케이드를 구성했어. 그럼 얼마나 신속하게 움직였단 얘기야?"

"그 말은?"

"안에… 첩자가 있다는 거지."

그말에 코라코는 입을 쩍 벌렸다.

수뇌부들은 폭동만을 생각했지 그 자세한 과정에 대해선 생각하지 않았다.

거기에 제국의 첩자가 있다는 추측은 생각도 못했다.

한데 비첼의 말을 들어보니 그럴 듯했다.

더구나 피난민을 양떼처럼 몰고 온 것은 다름 아닌 제국의 기병대 아닌가?

그런 피난민에 첩자를 심어놓는 것은 일도 아니리라.

거기까지 생각이 미치자 코라코의 얼굴은 딱딱해졌다.

그렇다면 이번 일은 빈약한 배급에 대한 불만으로 벌어진 일이 아니라 제국의 계략이란 얘기다.

"설마……."

믿기 어렵지만 이미 속으로는 어느 정도 단정 짓고 있었다.

"자세한 건 가서 확인해 봐야지. 저들의 요구도 들어보고, 여차하면 무력을 써야지."

"우리의 시민들을 벨 수는 없다."

"지금은 전시야."

"……."

평상시라면 병사와 기사가 연합의 시민들을 재판도 없이 벤다는 것은 어불성설이다.

그러나 지금은 전시다.

전쟁이라는 위급한 상황에서는 어떤 일이든 용납이 될 수도 있다. 비첼은 그것을 지적하고 있었다.

"자, 가자고."

바리케이드 앞에 도달한 비첼과 코라코, 그리고 그 뒤로 약 이백 명의 병사가 따라왔다.

코라코가 앞에 나서 마나로 목소리를 증폭시키며 외쳤다.

"나는 총사령관이신 척 모리스 각하의 명을 받고 왔소! 대화를 나눌 수 있는 그쪽 대표자는 나오시오!"

기사란 위치는 고귀한 혈통을 타고났지만, 코라코는 꽤 정중했다.

괜히 피난민들의 심기를 돋굴 필요가 없기 때문이다.

그런 점으로 미루어보아 코라코는 제법 융통성이 있는 사람이었다.

코라코가 그리 외치자 바리케이드 위에서 웅성거리더니 이내 한 사내가 나타났다.

그 사내는 밑을 내려다보며 외쳤다.

"내가 시민들의 대표인 나코요. 무슨 일로 오셨소이까?"

"지금은 전시입니다. 이런 상황에서 한 국가의 시민들이 서로 분열을 일으켜서는 좋을 일이 하나도 없습니다. 지금은 한마음 한뜻으로 제국과 싸워야 합니다. 그러니 바리케이드를 철거하고 그만 일을 멈추십시오!"

코라코의 말은 구구절절 옳았다.

아무리 시민들이 자신의 권리를 주장한다고 해도 지금은 힘을 모아 싸워야 할 때다.

정상적인 상황이라면 여기서 피난민들이 한발 물러서야 했다.

그러나 상황은 그렇게 흘러가지 않았다.

"그럴 순 없소!"

"그게 무슨 말이시오? 어찌 반국가적인 행동을 하느냐 말이오!"

"우린 우리의 권리를 당당하게 요구하는 것이오! 우리 시민을 재판도 없이 즉결처분한 것에 대한 사과를 요구하오! 또한 우리에게 오는 배급량을 늘려주시오! 하루에 한 끼를 먹는 것도 힘든데, 그 질은 또 얼마나 안 좋소이까?"

"맞소! 여긴 애도 있고 늙은 노인들도 많소. 어찌 이리 각박하게 대한단 말입니까?"

"그렇습니다. 병사들의 창칼과 입고 있는 갑옷을 보면 빛이 번쩍이는데 식량이 없다는 게 말이나 됩니까?"

코라코는 차마 말을 잇지 못했다.

애초에 이토록 연합군을 신뢰하지 못할 줄은 몰랐다. 식량이 부족하다는 말은 정말 진실이었다. 한데 전혀 믿지 못하고 있었다.

코라코가 어찌 답변하지 못하며 전전긍긍했다.

그리고 비첼은 그런 모든 광경을 지켜보면서 자신의 생각이 틀리지 않았음을 확신했다.

"역시……."

비첼의 눈이 매섭게 빛났다.

대표라고 나선 나코가 말을 하면 특정 인물 몇몇이 맞장구를 친다. 그것은 계속적으로 반복됐다.

얼핏 들으면 그럴듯한 궤변을 쏟아내며 맞장구치는 사람들은 동일했다. 그 외 나머지 피난민들은 물끄러미 상황을 보고 있을 뿐이었다.

'선동하는군. 피난민들을 선동하고 있다.'

궤변으로 웅변하며 선동하고 있는 것이다.

비첼의 눈동자에 그런 사람들의 얼굴이 빠르게 새겨졌다. 아마 다 제국이 보낸 첩자들일 확률이 높았다.

"젠장……."

계속된 궤변에 코라코가 입술을 깨물었다.

어찌할 방도가 없었다.

마치 소귀에 경을 읽는 듯한 느낌이었다.

나라가 위기에 처하면 당연히 한뜻으로 뭉쳐야 되는 것이 옳은 일이 아닌가?

한데 여기서 권리를 주장하며 저토록 강경하게 나오다니.

코라코의 인내심이 한계까지 도달했다.

그때 별안간, 바리케이드 위로 훌쩍 올라가는 인영이 있었다.

그 인영을 본 코라코의 눈이 동그래졌다.

"어, 어딜 가나 비첼!"

비첼이 말없이 뛰어오르고 있었다.

번뜩.

그리고 도끼가 번쩍였다. 도끼가 번쩍이는 순간 위에서 오연하게 내려다보던 나코는 눈에 보이는 세상이 옆으로 기울어진다고 느꼈다. 그리고 그것이 마지막으로 한 생각이었다.

서걱!

데구르르!

“헉!”

“저, 저런!”

“저 미친……!”

각양각색의 반응이 튀어나왔다.

단숨에 바리케이를 뛰어넘은 비첼은 도끼를 휘둘러 웅변하던 나코의 목을 잘라 내버린 것이다.

갑작스런 상황에 그 누구도 말을 잇지 못했다.

비첼은 싸늘한 시체가 되어버린 나코의 위에 올라서며 외쳤다.

“그대들은 연합의 시민인가? 아니면 배부른 돼지들인가?”

“……!”

마나를 실지도 않았는데 목소리는 쩌렁쩌렁 울렸다. 바리케이드 너머에 있던 모든 피난민들이 들을 수 있을 정도였다.

“연합의 울타리에서 편안히 생활하던 그대들은 지금 무얼 하고 있는가. 붉은 제국이라 거대한 적을 앞두고 자기들만의 권리를 찾고 요구하는가? 그것이 정녕 깨인 시민들의 행동인가!”

“…….”

비첼의 말에 대부분의 피난민들이 대답하지 못했다.

그들은 방금 전까지 나코의 웅변을 들으면서도 내심 불안한 마음을 갖고 있었다.

지금은 전쟁 중인데, 또 피난민들을 이렇게 구해주고 받아준 연합군에게 반기를 든다는 것이 옳은 일일까 하는……

그런 생각이 은연중에 있었다.

다만 아무도 말하지 못하고 있었다. 더구나 말을 하는 자들은 대부분 시민들이 당연하게 생각해왔던 권리를 요구하고 있으니 틀린 말은 아니지 않는가.

그런 피난민들에게 비첼의 외침은 통렬한 직언이었다.

"아니, 너희들은 배부른 돼지들일 뿐이다! 구제할 가치도 없는!"

"말도 안 돼는 소리! 어디서 개수작을 부리느냐! 넌 이미 우리 시민을 또 죽였다!"

"물러가라! 어찌 재판도 없이 시민을 죽이는가!"

퍽!

퍽퍽!

그때 돌이 날아와 비첼의 머리를 때렸다.

날아온 주먹만 한 돌에 비첼은 순간적으로 머리가 어지러워졌다. 이마가 깨졌는지 화끈한 고통이 느껴졌다. 눈앞을 시뻘건 피가 가렸다. 그럼에도 비첼은 휘청거림도 없이, 미동도 하지 않고 다시 외쳤다.

"이것이 너희들의 대답인가?"

"……."

"말하라! 이것이 너희들의 대답인가!"

"수작 부리지 마, 이 새끼야!"

"여러분, 듣지 마십시오! 저 간악무도한 놈은 이미 우리들 대표인 나코를 죽였습니다. 재판 없이 시민을 처분할 수 있다는 법은 없습니다. 도시 국가에선 모든 시민이 재판 후에 처벌을 받을 수 있음을 기억하십시오!"

"하……."

비첼의 입에서 허탈한 음성이 튀어나왔다.

여전히 특정인물 몇 명이 비첼의 말에 사사건건 태클을 가해왔다.

권리를 요구하며 법까지 들먹인다. 구구절절하기까지 한 목소리는 호소력이 짙었다. 제국에서 제대로 선동교육을 받은 전문가들이 틀림이 없었다.

돌연 비첼의 눈빛이 싸늘해졌다.

"법? 그래 법이라. 그대들이 하는 행동은 반국가적인 행동, 즉 역모다. 반역이란 말이다!"

"……!"

"전시에 병사를 베고 폭동을 일으켰다. 창칼을 들고 병사들의 무기를 빼앗아 무장했다. 이건 반역!"

"그 무, 무슨……!"

비첼은 거침없었다.

그의 눈에서 맹렬한 살기가 쏟아졌다.

"반역죄는 재판 없이 즉결처분이 가능하다."

"…아!"

"고로 너희들 모두, 반역죄다."

그 순간, 비첼의 허리춤에서 핸드 액스가 벼락처럼 쏘아졌다.

허공을 가르며 날아간 핸드 액스는 비첼의 말에 사사건건 토를 달던 사내의 머리를 정확히 꿰뚫었다.

푸악!

철퍼덕!

"……!"

"아……!"

비첼의 거침없는 행동과 언변에 모두가 질린 빛이 역력했다.

그리고 두려움이 물밀 듯 몰려왔다.

대부분이 반역이란 단어와는 먼 평범한 시민들이었다.

그런데 반역죄를 들먹이니 피난민들의 표정이 아연해졌다. 비첼의 말대로 반역죄, 즉 국가전복죄는 재판도 필요 없이 참수할 수 있는 극도의 흉악한 범죄였다.

비첼의 말대로 지금 자신들이 행한 행동은 반역죄나 다름없지 않은가?

비첼의 거침없는 언행에 모두가 두려워했다.

그런 모습을 지켜보던 비첼의 시선이 선동하던 제국의 첩자들에게 닿았다.

그는 돌연 죽은 나코의 시신을 뒤지기 시작했다.

"……?"

한참을 뒤지던 비첼은 번쩍 고개를 들더니 앞에 있던 사람을 가리켰다.

"너! 이리로 오라!"

"…저, 저 말입니까?

순박한 표정의 사내는 지금까지 묵묵히 지켜만 보던 시민이었다. 제국의 첩자가 아닌 진짜 피난민이었다. 두려움에 떠는 피난민을 보며 비첼은 고개를 끄덕였다.

비첼의 날카로운 시선에 사내는 어쩔 수 없이 그에게 다가왔다.

"뒤져라."

"…예?"

"이 시체를 뒤져보란 말이다."

"아, 알겠습니다요."

사내는 시체의 품을 뒤진다는 것이 께름칙했지만 어쩔 수 없이 명령에 따랐다. 한참 시체를 뒤지던 사내의 손에는 그저 펜과 종이 몇 장만 나왔을 뿐이다.

"뭐가 나왔느냐?"

"그것이… 펜하고 그냥 종이하고……."

"그것이 다인가?"

"네, 그렇습니다요. 샅샅이 뒤졌는데."

"이상하지 않는가?"

"…네?"

비첼은 사내에게 시선을 거두고 자신을 바라보는 피난민 무리를 쓱 훑어보았다.

"……."

그런 시선을 피하며 군중 사이로 숨어드는 놈들이 보였다.

방금 전까지만 해도 기세 좋게 선동하던 놈들이, 비첼의 기세에 질려 숨다니…….

비첼의 눈빛이 더없이 싸늘해졌다.

"너희들의 품속엔 무엇이 있나?"

"……?"

"집안의 가보나 또는 귀한 패물들이 있을 것이다."

"……."

끄덕.

대다수의 피난민들이 고개를 끄덕였다.

집을 버리고 급박하게 도망치는 와중에 집안의 가보나 소중한 패물들은 조금이나마 챙긴 이들이 대부분이었다.

그러나 미처 챙기지 못한 이들도 있게 마련이었다. 그것하나만으로 무언가 말하기에는 부족했다.

"그리고 신분증이 있지 않나?"

"그렇습니다."

누군가 저도 모르게 대답했다.

그리고 대부분 사람들이 고개를 끄덕였다. 도시 국가 연합의 시민들은 거의 모든 시민이 신분증을 늘 품속에 갖추고 다닌다. 상단이 많은 특성상 신분증을 소지하고 있어야만 하는 경우가 많다.

그것을 떠나서도 신분증을 늘 품속에 지니고 있기 때문에 피난을 떠나는 와중에 챙기지 않아도 대부분이 갖고 있는 것이다.

하나 나코의 시신에는 귀한 패물은커녕 신분증도 없었다.

그러자 피난민들의 표정이 이상해졌다.

무언가 일이 이상함을 깨달은 것이다.

비첼은 방금 전 도끼를 날려 죽인 시체에 다가가 품을 뒤졌다.

그 역시 품속에서 자잘한 물품 몇 개만 나왔을 뿐, 신분증은 없었다. 귀한 패물도 없었다.

그제야 일이 이상해진 걸 느낀 피난민들 사이가 소란스러워졌다.

"스스로 깨인 시민들이라고 자부하며, 한낱 제국의 첩자놈의 선동에 휘둘리는 것이… 정녕 시민인가?"

"……!"

"보라! 이놈들은 제국의 첩자들이다! 말도 안 되는 궤변만 그럴듯하게 늘여놓으며 폭동을 일으키고 반역을 일으켰다.

너희들은 그것에 맥없이 휘둘린 것이고!"

"개소리 마라!"

그 순간 군중들 사이에 숨어 있던 누군가 소리쳤다. 그 소리를 듣자마자 비첼의 신형이 벼락처럼 움직였다.

덜컥!

"컥!"

순식간에 한 사내의 목이 비첼의 손아귀에 움켜쥐었다.

비첼은 무심한 얼굴로 사내를 들어 올렸다. 그러자 숨이 막히는지 사내의 얼굴은 창백해졌다.

비첼의 목소리가 더없이 싸늘해졌다.

"증명해 보라. 네가 연합의 시민임을."

"나, 나는……."

"어디 출신인가? 어느 국가 출신인가? 말하라!"

"…나는"

"아니지. 신분증을 줘보라. 어디 있는가? 신분증은?"

비첼의 연이은 질문에도 사내는 대답하지 못했다. 당황했는지 얼굴이 시뻘게졌다. 그러더니 신분증을 꺼내려는 듯 오른손을 품속에 집어넣었다.

그리고 오른손을 꺼내는 순간.

번뜩!

빛이 번쩍였다.

우드득!

"어어어억!"

사내의 비명이 처절하게 울렸다.

어느새 비첼의 손에 사내의 손목이 잡힌 채 비틀려졌다. 그러자 사내의 오른손이 잡고 있던 날카로운 단도가 힘없이 바닥에 떨어졌다. 비첼의 입가에 차가운 미소가 걸렸다.

"제국의 첩자구나."

그렇게 말하는 비첼의 목소리에는 약간의 기쁨마저 있었다.

모든 피난민들이 보고 있는 가운데 단도를 꺼내든 것.

이것은 그가 제국의 첩자임을 자백하는 꼴이 아닌가?

백 번 말하는 것보다 한 번 보는 것이 낫다. 비첼의 말에 혹시나 했던 피난민들은 그가 제국의 첩자임이 증명되자 모두 경악스런 표정을 지었다.

비첼의 살기등등한 시선이 첩자에게 쏟아졌다.

"죽어라."

"사, 살려줘……."

비첼은 더 이상 들어주지 않았다. 손목을 비틀려 부숴버린 뒤 첩자의 목을 잡고 힘껏 비틀었다.

우두둑!

목뼈가 뒤틀리며 첩자는 비명도 내지르지 못하고 죽어버렸다.

벌써 비첼의 손에 세 명의 첩자가 죽었다.

피난민들은 모두 꿀 먹은 벙어리처럼 말을 잇지 못했다.

"보라. 너희들이 무슨 일을 벌이고 있는지……. 제국의 첩자에게 선동당해 조국을 향해 칼을 들이댄 지금의 상황을 보라."

"……."

"이래도, 너희들은 권리를 주장할 것인가?"

"……."

"권리에는 의무가 따른다! 너희들은 의무를 이행하지도 않고서 권리를 요구하는가!"

비첼의 외침은 통렬하기 짝이 없었다. 선동당하고 묵묵히 지켜만 봐온 피난민들은 자유시민이라는 자부심이 여지없이 바닥에 처박힘을 느꼈다.

"너희들은 반역죄다. 극악무도한 죄인들이다."

"그, 그럼 어찌해야 합니까!"

"우, 우리도 이러고 싶어서 이런 게 아닙니다. 굶주린 아이도 있고 늙은 노인들도 있습니다. 이들을 어찌 그냥 두고 보란 말입니까!"

피난민들의 외침은 절박했다.

비록 선동에 휩쓸리기는 했지만 그들도 나름의 사정이 있다.

"공을 세워라."

비첼이 짤막하게 말했다.

"공을 세워 죄를 지워라. 그것이 유일한 답이다."

"……."

모두가 침묵에 잠겼다.

한낱 피난민에 불과한 그들이 무슨 공을 세운단 말인가.

그때, 한 사내가 외쳤다.

비첼에게 익숙한 음성이었다.

"그러겠소. 우릴 이용해주시오! 전장이라도 나가겠소! 무슨 일이든 해서 공을 세우겠소!"

여기서는 절대로 들을 수 없는 목소리였기에 담담하기만 했던 비첼의 얼굴에 처음으로 파문이 일었다.

이윽고 또 다른 목소리가 들려왔다.

"그리하겠소! 나도 칼을 들고 싸우겠소! 권리를 누리기 위해 의무를 행하라 하셨지요? 염병할, 그 니미럴 권리를 위해 싸우면 되는 거 아니요?"

욕설이 간간이 섞인 익숙한 목소리.

비첼은 저도 모르게 웃고 말았다.

피난민들 사이에 손을 번쩍 들며 환하게 웃는 두 명의 사내.

그들을 보자 비첼은 그간의 피로와 긴장감이 싹 풀리는 기분이었다.

"노카일… 코아락."

그 둘이 있었다.

Chapter 05
삼왕자 뉴델라 로스트

비첼은 피난민 뒤처리 문제는 코라코에게 맡기고 노카일, 코아락과 짧은 해후를 즐겼다.

"여기까지 어떻게 온 거냐, 노카일?"

"염병할 자식. 너 때문에 대륙의 북단에서 남단까지 달려왔다, 이놈아."

"하하하하. 자네가 잡혀간 이후 뒤를 쫓았네. 그러다가 백색의 방까지 쫓게 되었다가, 수소문해서 이곳에 있다는 걸 겨우 실마리를 잡아서 왔어."

"음……. 그렇군요."

전혀 볼 수 없으리라 생각했던 것일까.

비첼은 두 사람의 얼굴을 보자 마치 고향에 돌아온 듯 편안한 기분이 들었다.

이렇게 셋이 모인 자리는 정말로 오랜만이다.

코아락이 불현듯 말했다.

"카이로… 때 이후 처음인가?"

"그렇습니다."

"그러네."

잠시 침묵이 감돌았다. 비첼과 노카일, 코아락은 아무 말도 하지 않았다.

비첼은 쓸쓸한 눈빛으로 둘을 바라보았다.

노카일이 불쑥 말했다.

"그 사람만 있음 되는데 말이야."

"로무. 그 양반… 참 좋은 사람이었는데."

"……."

비록 같이한 시간은 짧지만 노카일과 코아락 둘도 로무에게 진한 호감을 가지고 있었다. 비첼만큼은 아니지만 로무의 무력과 당당함, 그리고 휘하 병사들을 아끼는 모습에 감명을 받았었던 것이다.

카이로땐 늘 넷이 함께 있었다.

굳이 그러고자 했던 것은 아니었지만 이상하게도 네 명이 모일 때가 많았다.

새삼 로무의 빈자리가 크게 느껴졌다.

그간 잊고 있었던 로무.

비첼은 코끝이 시큰해지는 기분이었다. 가족을 제외하고 처음으로 정을 주고 믿었던 사람. 죽는 그 순간까지도 비첼에게 은혜를 베풀던 사람이었다.

분위기가 숙연해지자 노카일이 휘휘 고개를 저었다.

"젠장. 그만 하지. 사내 셋이 모여서 청승맞게시리……."

"하하하, 그렇군. 비첼, 자네 이야기 좀 해주게나. 도대체 어찌된 일인가?"

"그래, 인마. 유니아스 님의 걱정이 이만저만이 아냐. 어떻게 무사하다는 연락 한 통이 없었냐."

"어쩔 수 없었다. 백색의 방에 빠져나오고 크게 다쳐 한동안 요양을 하고 있었거든. 그리고 이렇게 전쟁에 뛰어들게 되고… 어디부터 이야기를 해야 하나……."

"아아. 길어질 것 같으니 좀 마시면서 하자고. 어이, 털보. 술 없수?"

"이놈아. 내가 술을 왜 들고 다니느냐. 내가 뺀질이 네놈인 줄 알아?"

"거참. 없다면 없다고 얘기하면 될 것 같다가……."

노카일이 옛날처럼 툴툴거리자 비첼은 저도 모르게 피식 웃었다.

"내가 갖고 오지."

비첼이 자리에서 일어섰다.

오늘은 왠지, 길지만 즐거운 밤이 될 것 같았다.

* * *

다음날 비첼은 숙취에 시달리면서도 척 모리스가 부른다는 소식에 급히 달려갔다.

기사나 마법사들은 마나를 운용해 취기를 쫓아낼 수 있다지만 애석하게도 비첼의 비기는 그러지 못했다. 그런 이유로 거하게 취할 수밖에 없었다.

찬물로 씻어 애써 정신을 차린 비첼은 어느새 담담한 얼굴로 척 모리스 앞에 와 있었다.

"어제 얘긴 들었네."

"……."

"코라코 경이 제국 첩자들 색출에 나선 결과 24명이 숨어 있었더군. 그들이 피난민들을 선동하고 폭동을 일으킨 정황이 포착되어 모두 일제히 목을 효수해 놨네."

"봤소."

비첼은 고개를 끄덕였다. 성벽 위에 내걸린 목이 대략 스무 개가 넘었던 걸 보았다.

"솔직히 말해 난 아직도 자넬 다 믿지 못해. 그러나 어제 있었던 일로… 어느 정도 신뢰가 생겼지."

척 모리스는 기사 출신답게 말을 빙빙 돌리는 성격이 아니었다. 있는 감정을 솔직히 털어내는 모습은 속 시원했다. 비첼도 그런 성격이 마음에 들어 선선히 고개를 끄덕였다.

"그럼 자네가 세운 계획대로 한번 일을 진행시켜 보게. 몇몇 이들이 아직도 자네를 불신하고 내치라 하지만… 내가 한번 밀어주지. 더 이상 방도가 없다는 건 나도 알아. 해보게. 그 시가전이란 걸 말이야."

"알겠소."

"코라코 경을 비롯해 기사 몇을 붙여주지."

"고맙소."

비첼은 고개를 끄덕이며 방을 나갔다.

척 모리스가 직접 작전을 지시했으니 이제 망설일 게 없다. 안에 있었던 피난민의 폭동 문제도 해결했으니 곧바로 일을 진행시키면 됐다.

비첼은 코라코를 비롯해 기사 다섯을 만났다.

다행히 그들은 어제 비첼과 함께 했던 이들이었기에 비첼을 신뢰하고 호감을 표시하는 사람들이었다.

"우선 교대해 쉬고 있는 병력을 모아주시오. 성 안에 있는 벽돌이나 나무 등 자재들을 최대한 끌어 모아주시고, 성 곳곳에 퍼져 있는 시민들도 모아 양해를 구해야 하오."

"알겠다."

코라코가 고개를 끄덕였다.

"코라코. 이번 작전은 시민들의 피해가 있을 수밖에 없다.

그들에게 반드시 말해야 해. 이건 함께 싸우는 일이라고.”

“…그래.”

어제 있었던 비첼의 웅변은 코라코에게도 많은 걸 느끼게 해줬다.

권리를 누리려면 의무를 행하라!

그저 시민들을 지키고 보호해야만 한다고 생각했다.

그런 시민들도 자신들의 권리를 지키기 위해, 신변을 지키기 위해 스스로 일어서야 함을 주지시켜야만 했다. 비첼의 말이 무엇을 뜻하는지 이해한 코라코의 표정이 결연해졌다.

“그럼 시간이 없소. 오 일 내에 충분히 준비를 해야 하오.”

“움직이지.”

코라코와 기사들이 직접 움직이며 병사들을 모았다.

비첼의 직책이 애매한지라 그가 전면적으로 나설 수가 없었다. 하나 코라코는 충분히 높은 직책의 지휘관이었다. 그가 척 모리스의 명령서를 들고 움직이자 교대해 쉬고 있던 병력 일만이 금세 집결했다.

비첼은 그들을 데리고 단단히 준비하기 시작했다.

건물과 건물 사이에 함정을 팠다. 또 건물 옥상에 부서진 가구나 나무로 담을 쌓고 그 위에 궁수들을 배치했다.

그런 식으로 비첼은 에페르넨 도시 전체를 요새화시키고 있었다.

뿐만 아니었다.

적들이 성 안에 들어오면 분명 약탈을 할 터.

그것에 대비해 집 곳곳에도 함정을 팠다. 집 현관을 열면 돌무더기가 쏟아지거나 하는 간단한 함정들이었지만 충분한 살상력을 지니고 있었다.

그런 함정들이 곳곳이 아니라 빼곡하게 배치되자 에페르넨은 발 디딜 틈도 없이 요새가 되어가고 있었다.

"서문에 또 하나의 성벽을 만들어야 해."

적들이 동문을 열고 들어오면 맨 반대편에 있는 서문에 마지막에 도달할 것이다.

그전까지 수많은 함정과 건물 사이사이, 집 안 구석에 숨어 있는 수많은 병사들과 게릴라전을 치른 제국군은 크게 줄어 있을 것이다.

그들을 서문에서 최종적으로 격퇴하는 것이 목표였다.

곧바로 서문에 또 다른 벽이 쌓이기 시작했다.

저번에 피난민이 폭동을 일으키며 세운 바리케이드를 그대로 이용했다.

아직 철거하기엔 그 규모가 방대한지라 내버려 두었는데 마침 위치가 서문 근처였다. 그래서 비첼은 바리케이드를 좀 더 넓히고 공고히 하는데 애를 썼다.

단지 가구와 버려진 물품들을 얽혀 만든 바리케이드였지만 거기에 벽돌과 나무 등이 벽을 쌓자 금세 하나의 성벽이 되어갔다.

겉보기에도 공고해 보여 적들은 감히 쉬이 성벽을 넘을 생각을 하지 못하리라.

비첼은 빠르게 진척되는 공사에 만족스런 미소를 지었다.

'오 일. 오 일 후에 성벽을 버린다.'

이곳의 지리는 연합군이 꿰고 있다.

이렇게 복잡한 도시는 길이 마치 미로 같았다. 거기에 함정들과 장애물들이 곳곳에 쌓이니 적들의 입장에서는 진짜 미로와 다를 바가 없으리라.

오만의 병사, 그리고 일만 오천의 시민이 성 안 곳곳에서 싸운다.

아무리 십만이 넘어가는 대군이라지만 게릴라전에선 모르는 일이다.

"하 이거 대단한데."

"시가전이라……. 그렇지. 시가전이 유일한 답이 되겠군."

노카일과 코아락도 비첼의 일에 발 벗고 나섰다.

비첼에게도 그들은 아주 유용했다. 전쟁을 겪고 또 제국과 끊임없이 싸워온 역전의 용사들이지 않은가.

특히나 뒷골목의 주먹패의 수장으로서 코아락은 골목, 골목을 이용한 함정파기와 장애물 배치에 아주 대단한 활약을 보여줬다.

뿐만 아니라 간간히 터지는 노카일의 기발한 아이디어는 꽤나 쓸 만했다.

단순히 살상용 병기뿐만 아니라 사람의 대소변이나 동물의 오물 등을 이용해 적들의 사기를 크게 저하시키는 방법까지 생각하는 등, 그의 기발함은 대단했다.

그렇게 모든 이가 힘을 합치자 공사는 금세 지나갔고 어느새 4일이 흘러갔다.

한시가 바쁘게 움직이던 비첼은 척 모리스가 그를 찾는다는 전령의 말을 듣고 그를 찾아갔다.

"왔나?"

"무슨 일이오?"

척 모리스는 그간 고생이 심했는지 얼굴이 상해 있었다. 비첼이 시가전 준비를 하는 동안에도 동문에서는 끊임없이 전투가 벌어지고 있었다.

이제는 연합군 측의 피해도 커져갔는데 벌써 사천 명이 죽고 이천 명이 크고 작은 부상을 입어 전장에서 이탈한 상태였다. 거기에 식량난을 비롯해 화살 같은 비축품도 많이 떨어져 전쟁의 향방이 어떻게 흘러갈지 알 수 없는 상황이었다.

총사령관이자 에페르넨을 수호해야 하는 입장인 그로서는 마음고생이 심할 수밖에 없었다.

"오늘 새벽 적진에 숨어 있는 우리 측 정보원에게 소식이 들어왔다."

"소식이오?"

"그래. 심각하다면 심각한 소식이지."

비첼의 얼굴에 호기심이 어렸다.

제국군이 에페르넨에 첩자를 들여보낸 것처럼 연합군에서도 제국군에 첩자를 심어놓았다. 그 덕택에 어느 정도 제국군의 동향을 알 수 있었다.

척 모리스는 곧바로 대답하지 않고 한참 비첼을 지그시 바라보았다.

그의 표정은 오묘해서 무슨 의미인지 알아차리기 힘들었다.

그렇기에 비첼은 기다렸다.

무슨 소식이기에 뜸을 들이는 것은 알 수 없지만, 그의 직감이 아주 중요하고 말하고 있었다.

얼마나 시간이 흘렀을까.

척 모리스는 마치 탄식을 토하듯 말했다.

"그가 제국군 진영에 도착했다네."

"그……."

"로스트 부흥군인 자네가 알아야 할 것 같아 불렀네."

누구이기에 비첼이 알아야 한단 말인가?

이윽고 들려오는 척 모리스의 말에 비첼은 순간 얼어붙고 말았다.

"로스트의 마지막 핏줄. 삼왕자 뉴델라 로스트. 그가 왔네."

"……!"

비첼의 몸이 벼락을 맞은 듯 움찔거렸다.

삼왕자 뉴델라 로스트!

그는 마지막으로 남겨진 로스트 왕가의 핏줄이었다.

로스트의 수도가 점령당할 때로 시간을 되돌려 보자.

그때 당시 국왕은 수도를 지키리라 천명하고 도망치지 않았다. 그런 국왕의 뜻에 따라 세 명의 왕자들 중 왕세자였던 일왕자와 이왕자가 곁에 남았다.

마지막 삼왕자도 곁에 남으려 했으나, 만약을 위해 왕가의 핏줄은 끊어져서는 안 된다고 억지로 도망치게 했다.

그대로 도망치면 성공이었겠지만, 애석하게도 류블로프의 계책에 휘말려 붙잡히고 말았다.

로스트 부흥군이 만들어질 때만 해도 삼왕자의 신병을 확보하기 위해 갖은 수를 썼다.

로스트 부흥군이 '독립군'이 아닌 부흥군이라 불리는 이유는 바로 왕가의 부흥에 있었다.

부흥군 사람들 중 왕가의 부흥이 국가의 부흥이라 여기는 사람이 많았다. 대표적으로 왕립근위병 출신인 미하일이 그러했다.

삼왕자의 신병만 확보하면 부흥군의 위치는 확고해지고 국가를 성립할 수 있었다.

로스트를 선포할 수 있단 얘기였다.

하나 제국으로 붙잡혀간 삼왕자의 신병은 묘연하기만 했다.

그런데 그가 이곳에 나타나다니……?

어떠한 상황인지 갈피를 잡지 못했다.

천하의 비첼도 냉정한 모습을 보이지 못했다.

그만큼 이번 사안은 충격적이었다.

“그간 제국에 잡혀 있었던 삼왕자 뉴델라 로스트의 등장. 이것을 어찌 보는가?”

“…….”

“만일 삼왕자가 제국에 완전히 돌아섰다면, 부흥군의 존재의 의미가 완전히 사라지는 것이 아닌가?”

비첼은 말을 잃었다.

그리고 두려움이 엄습해왔다.

부흥군의 존재 의의는 크게는 국가의 부흥, 그리고 작게는 무너진 로스트 왕가의 부흥에 있었다. 그래서 삼왕자의 신병을 확보하기 위해 갖은 수를 썼었다.

한데 삼왕자가 제국에 돌아섰다는 가정을 할 시에는…….

그간 로스트의 부흥을 위해 발악을 했던 부흥군의 존재 자체가 부정되어지고 만다.

단순한 ‘반군’에 불과하게 되는 것이다.

로만왕국은 왕가의 모든 인물이 깡그리 죽어서 부흥군이 만들어지지도 않았다. 인구 층도 크게 줄여 부흥군이 만들어질 수 없는 조건이었지만… 적어도 왕가의 사람이 살아 있었다면 적은 규모의 부흥군이라도 만들어졌으리라.

그만큼 왕가의 사람이 끼치는 영향력은 대단했다.

비첼은 생각에 잠겼다.

4년, 아니 5년에 가까운 시간.

그 시간 동안 제국에 붙잡혀 있었던 삼왕자.

지금 그의 생각은 어떠할까?

수많은 세뇌에 제국의 편에 돌아선 것이 아닐까?

'그럴 확률이 높다.'

비첼의 얼굴이 딱딱해졌다. 애석하게도 그럴 확률이 매우 높았다.

이미 충분히 세뇌되었다는 생각에 제국이 이곳으로 보낸 것이 아닐까.

'로스트인들로 구성된 병력. 그들을 다독이기 위해서?'

거기까지 생각이 미치자 비첼은 머리가 어지러워졌다.

'변수다. 그것도 엄청난 변수. 지금까지 이뤄온 모든 것들을 다 뒤엎을 수 있는 변수.'

갑자기 나타난 엄청난 변수.

어지러움에 속이 메스꺼워지던 비첼은 한 차례 심호흡을 했다.

어느새 어지러움은 가시고 그의 표정은 더없이 냉정해졌다.

'설마 이것도, 류블로프……네놈의 계책인가?'

아마 그러하리라.

애초에 이번 전쟁은 류블로프의 계책으로 이루어진 것이니.

비첼은 다시 한 번 류블로프에게 패배감을 느꼈다.

'아니다. 아직 끝난 건 아니다.'

그러나 비첼은 고개를 휘휘 저으며 패배감을 떨쳐냈다. 아직 끝난 것은 아니다. 삼왕자가 완전히 돌아섰다는 것이 확실하지도 않다.

아버지와 어머니, 그리고 형제들마저 제국에 의해 개죽음을 맞이했다.

그러면 그 분노는 상상도 못할 터!

그가 쉬이 굴복할 리가 없다.

비첼은 그의 복수심을 믿었다.

'그를… 만나야 된다.'

별안간 비첼의 눈이 번뜩였다.

그리고 척 모리스를 향해 말했다.

"제국군 진영에 가겠소. 갈 수 있는 방법을 일러주시오."

갑자기 나타난 변수.

비첼은 변수에 직접 맞서기로 결심했다.

* * *

"대체… 그게 무슨 소리야."

"비첼, 사실인가? 그 사실이… 믿을 수 있는 정보인가?"

끄덕.

비첼은 대답 대신 침중한 얼굴로 고개를 끄덕였다.

그러자 코아락과 노카일은 더 이상 말을 잇지 못했다. 비첼이 받았던 충격만큼 이들이 받는 충격도 컸다.

삼왕자의 신병.

그것의 중요성을 누가 몰랐으랴.

한데 삼왕자가 지금 제국군에 나타났다니…….

"설마… 제국 편에 선 것일까?"

"그럴지도."

"……."

어쩌면 제국에 돌아섰을지도 모른다는 가정이 나오자 분위기는 급속도로 냉각됐다.

비첼도 입이 바짝 타는지 애꿎은 물만 계속 들이마셨다.

그만큼 심각한 상황이었다.

비첼이 나직이 말했다.

"일단 이건 극비입니다. 척 모리스가 저에게만 따로 일러준 정보니 확실할 것이고……. 문제는 부흥군에서 이걸 알고 있냐 말입니다."

"음. 모르겠군. 부흥군의 정보력이 여기까지 닿아 있을 리는 없지."

"염병……. 이거 유니아스 님에게 알려야 하는 거 아냐? 이건 정말 심각한 일이라고."

"전서구를 띄울 수도 없고……."

그러자 비첼이 눈을 좁히더니 나직이 중얼거렸다.

"혹 마법 통신을 이용한다면……."

"마법 통신?"

"비첼. 애석하지만 마법 통신엔 마법 수정구뿐만 아니라 마법사도 필요해. 여기에 우리 말을 들어줄 마법사가 어디 있어? 더구나 부흥군에도 마법사가 없어. 니미럴……."

노카일이 툴툴거리며 휙 몸을 돌렸다. 답답한지 그는 창문을 벌컥 열었다. 그러자 밤의 차가운 바람이 몰아쳤다.

"아니, 가능해."

그때 비첼이 단언하듯 말했다.

나직이 말하는 비첼의 음성에는 힘이 있었다. 노카일이 다시 자리에 앉았다. 코아락도 눈을 좁히며 비첼의 말에 귀를 기울였다.

"여기서 마법사의 도움을 얻을 수 있습니다. 아저씨."

"그렇지만 부흥군에는 마법사가 없지 않는가?"

"아니, 꼭 부흥군에 직접 연락을 취할 이유는 없죠."

"뭐?"

"기다리십시오. 마법사를 데리고 오겠습니다."

비첼의 뜻 모를 말에 코아락이 고개를 갸웃하는 사이, 비첼이 밖으로 나갔다.

밖에 나온 비첼은 급히 달려갔다.

그를 본 몇몇 병사가 인사를 해왔지만 비첼은 대꾸도 하지 않고 움직였다.

그가 향한 곳은 마법사들의 숙소였다.

귀하고 중요한 존재들인만큼 마법사의 숙소는 기사들과 많은 병사들로 철저하게 지켜지고 있었다.

"멈춰! 여긴 특별한 용무 없이는 절대로 들어갈 수 없다."

기사 하나가 앞을 가로막았다.

"급한 용무요."

"신분과 용무를 밝혀라."

"비첼. 로스트 부흥군 전쟁고문. 그리고 현재 총사령관께서 인가한 작전을 수행 중이오."

"음……."

비첼이 임시 신분패를 보여주자 기사는 침음을 흘렸다. 다행히 기사들 중에서는 비첼을 본 몇이 있는지 고개를 끄덕였다. 하나 무슨 용무인지 정확히 밝히지도 않았는데 안으로 들어서게 하는 것은 극히 위험했다.

"용무를 밝히시오."

"작전상 기밀에 속하오."

천연덕스럽게 거짓말을 늘여놓는 비첼.

기사는 그것이 거짓임을 전혀 눈치 채지 못하고 고민하는 기색이 역력했다.

이미 비첼이 성 안에서 병사들과 시민들을 진두지휘하는 모습을 본 기사였을 것이다.

그래서 작전을 수행한다는 사실도 알았다. 더구나 극비라고 하니 더 캐물을 수도 없다. 하나 만약 마법사들에게 불미스런 일이 발생한다면 누가 책임지는가?

짧은 시간이 지나고 기사가 슬쩍 옆으로 비켜서며 말했다.

"내가 안내하겠소."

"…알겠소."

기사는 앞장서 걸어갔다.

건물 안으로 들어서자 삼엄한 경계가 펼쳐졌다. 건물 안에도 기사와 병사들이 경비를 서고 있었다.

그만큼 마법사의 신변을 중요히 여기는 것을 단적으로 보여줬다.

"엘리사 마법사님을 찾아야 하오."

"엘리사 님? 알겠소. 이쪽으로 오시오."

비첼이 만나고자 하는 마법사는 다름 아닌 비첼을 치료해줬던 엘리사였다.

그가 유일하게 알고 있는 마법사였고, 지금 도움을 청할 수 있는 유일한 사람이기도 했다.

그녀가 들어줄지 안 들어줄지 알 순 없지만, 그녀를 설득해서라도 도움을 받아야 했다.

삼왕자가 이곳에 있다는 사실은 어떻게든 부흥군에 알려

야 한다.
그러면 로만스터와 유니아스가 무언가 수를 쓰리라.
기사의 안내로 비첼은 한 방문 앞에 도착했다. 가장 아래층에 있는 방이었는데 엘리사가 본인이 가장 말단이라고 했던 것처럼 그의 방도 가장 후미진 곳에 있었다.
똑똑똑.
기사가 먼저 문을 두드렸다.
"누구세요?"
방 안에서 약간은 새침한 목소리가 들려왔다.
늦은 밤이지만 아직 자지 않아 다행이었다.
"기사 로켄스트입니다. 비첼이라는 분이 작전상의 문제로 급히 찾아뵙고자 합니다."
기사의 어투는 정중하기 짝이 없었다.
특권계층인 기사도 마법사 앞에서는 한수 접어주는 입장이었던 것이다.
비첼이란 이름에 저쪽에선 대답이 없었다.
벌컥!
대답대신 오히려 방문이 활짝 열렸다.
방문을 열고 밖으로 튀어나온 사람은 다름 아닌 잠옷차림의 엘리사였다.
그런 엘리사의 모습에 기사는 당황한 표정을 지었고 비첼도 움찔했다.

세상에, 다 큰 처녀가 잠옷을 입은 모습을 보여주다니!

하나 비첼의 표정은 담담했다.

"호! 오셨네요. 정말 오실 거라곤 생각 못했지만. 자기 몸을 연구하게 해주다니, 이거 참……!"

"……?"

"할 말이 있습니다."

기사가 눈매를 지그시 모으며 비첼과 엘리사를 번갈아보았다.

엘리사의 말은 잘못 들으면 오해를 살 만한 소지가 있었다. 몸을 연구하게 해주다니… 머릿속에 음란한 생각이 있다면 충분히 오해할 말이 아닌가?

하지만 비첼은 담담했고 엘리사도 애초에 그런 의미로 한 말이 아니었다.

"오케이. 들어와요."

기사와 비첼이 같이 방으로 들어섰다.

기사마저 들어오자 비첼은 눈살을 찌푸렸다.

사실 엘리사를 찾아온 이유는 작전상 기밀이 아니라 순전히 개인의 부탁이 아닌가.

이렇게 기사가 옆에 있으면 부탁을 할 수가 없다.

비첼이 대놓고 불편한 모습을 보이자 엘리사가 눈치챘는지 기사에게 말했다.

"자리를 비켜주세요. 긴히 할 말이 있거든요."

"하지만……."

"부탁이에요."

"으음……."

기사는 잠시 둘을 번갈아보며 망설이더니 이내 방 밖으로 나갔다. 그러면서 의미심장한 시선을 보내는 것이 아무래도 무언가 단단히 오해하고 있는 듯했다.

"후후후. 이거 뭔가 단단히 오해를 산 것 같은데요?"

"애초에 그런 것이 아니니 상관없습니다."

"에이, 재미없게. 마법사하고 염문설이 나면 그 상대는 어떻게 되는지 아세요?"

"……."

"다른 마법사 선배들한테 갖은 고초를 당한다구요. 이래봬도 마법사는 위계질서가 얼마나 뚜렷한데……. 참 그건 그렇고 진짜 무슨 일이에요?"

비첼은 대답하지 않고 방문을 지그시 바라보았다.

기사의 기척이 느껴지고 있었다. 방문을 떠나지 않은 것이다. 그것을 본 엘리사가 어깨를 으쓱였다.

"새어 나가면 안 되나 보네요. 이거, 그러니까 더 궁금한데……. 자, 사일런스."

엘리사가 나직이 마법을 시동했다.

웅웅웅!

마나가 공명하며 보이지 않는 마나의 벽이 방 안에 생성

됐다.

비첼의 눈에 이채가 서렸다. 마나의 벽은 음파를 차단하고 있었다.

"이게 사일런스 마법이군요."

"그렇게 어려운 마법은 아니에요. 자, 이제 말해요. 우리 둘의 대화는 아무도 듣지 못해요."

비첼은 고개를 끄덕이며 조용히 입을 열었다.

"저를 도와주실 수 있습니까? 엘리사 님."

"도움이요? 일단 들어나 보죠."

"어려운 부탁은 아닙니다. 마법 통신을 해줄 수 있습니까?"

"마법 통신이요?"

예상치 못했는지 엘리사의 눈이 동그래졌다.

"예. 지금 급히 통신을 해야 하는 상황입니다. 문제는 다른 사람은 알아서 안 되고요."

"으음. 마법 수정구가 있긴 한데, 그 연락을 통하는 상대쪽에도 마법사와 수정구가 있겠죠?"

"…아마도 그럴 것입니다."

"아마도요?"

비첼의 말이 이상했는지 엘리사가 미간을 찌푸렸다.

마법사는 확실한 것을 좋아한다. 아마도와 같은 애매모호한 단어는 마법사들의 사전에는 존재하지도 않았다.

애초에 수식이란 건 100% 정확한 답만이 필요했으니까.

"정확한 좌표와 주소를 모릅니다."

"…허. 좌표는 그렇다고 쳐도 주소를 모르면 어떻게 통신을 한단 말이에요?"

"그러니 엘리사 님을 찾아온 것입니다."

"내가 무슨 대마법사도 아니고……."

마법 통신을 하기 위해선 수정구에 입력된 주소가 필요했다.

그래야 별다른 절차 없이 직통으로 통신이 이루어지기 때문이다.

주소를 모른다면 적어도 좌표를 알면 어떻게든 통신을 할 수 있다.

그런데 좌표마저 모른다니. 어쩌란 말인가?

"어느 지역인지만 압니다."

"낙후된 지역인가요?"

"아니요. 제법 큰 도시입니다."

"그럼 어려워요. 큰 도시라면 마법 수정구가 못해도 열 개 안팎일 거예요. 그것들 중 하나를 정확히 찾아 통신하기란 매우 어렵죠."

"시간이 걸리더라도 좋습니다."

"아아, 내가 시간이 부족하단 말이에요."

엘리사는 탐스런 머리칼을 헝클이며 고개를 휘휘 저었다.

“나, 내일 전투 나가요. 오늘 안 그래도 일찍 자려 했더만…….”

“중요한 일입니다. 제 개인의 안위가 아닌, 한 국가의 명운이 걸린 것입니다.”

“…….”

비첼이 그렇게까지 말하자 엘리사의 표정도 진지해졌다.

마법사라면 꽤나 직책이 높다. 그녀도 비첼의 정체가 무엇인지 안다.

멸망한 로스트의 부흥군.

그리고 지금은 전쟁고문으로서 또 다른 작전을 시행 중인… 꽤나 중요한 인사다.

그런 사람이 저토록 간곡하게 부탁한다.

엘리사는 결국 한숨을 내쉬었다.

“좋아요.”

“고맙습니다. 엘리사 님.”

“하지만, 마법사는 철저하게 거래하는 거 아시죠?”

“혹여 무언가 원하시는 게 있습니까?”

“아, 지금 당장은 딱히 없어요. 하지만 나중에 무언가 필요하면 말할게요.”

“…….”

비첼은 대답을 주지 않았다.

‘무언가’ 가 확실하지 않은 이상 가볍게 고개를 끄덕일 수는 없었다.

그러자 엘리사가 피식 웃으며 손사래를 쳤다.

"에이. 들어줄 수 있는 한도 내에서 부탁할 거예요. 제가 도와준 것에 합당한 것만큼 받을 테니 걱정 마세요. 남자가 좀스럽게 왜 그래요?"

순식간에 좀스러운 남자가 된 비첼은 저도 모르게 피식 웃고 말았다.

심각한 상황 와중에 웃음을 주는 엘리사의 모습은 꽤나 유쾌했다. 어느새 비첼은 그녀가 점점 마음에 들었다.

"…하하. 가시죠. 그럼."

"지금 당장이요?"

"예. 시간이 촉박합니다."

"어휴. 오늘 잠 다 잤네. 기다려요. 옷 좀 갈아입게."

엘리사는 그렇게 말하더니 훌렁 옷을 벗으려 했다. 그런 엘리사의 행동은 천하의 비첼도 당황스럽게 했다. 옷을 막 벗으려던 엘리사는 당황하는 비첼을 보더니 샐쭉한 표정을 지었다.

"뭐에요? 여자 벗는 걸 보는 취미도 있어요? 나가 있어요."

"…예, 그러지요."

이러다 좀스런 남자에서 변태로 몰릴까 싶어 비첼은 별말 없이 밖으로 나갔다.

Chapter 06
왕이 될 것인가? 개가 될 것인가?

비첼은 곧바로 엘리사를 데리고 노카일과 코아락이 있는 건물로 돌아왔다.

"하. 다들 안녕하세요?"

밖으로 튀어나간 비첼이 갑자기 여인을 데리고 오니 노카일의 눈가가 가늘어졌다.

코아락이 먼저 인사를 받았다.

"허허. 안녕하시오."

"누구냐, 비첼?"

"마법사다."

비첼은 노카일의 질문에 간단히 답변했다. 그리고 탁자를 쭉 밀고 의자를 당겨 엘리사가 앉게끔 했다.

그리고 품속에서 지도 한 장을 꺼냈다.

"음. 행동이 정말 신속하네요. 오자마자 일이나 하라는 건가요?"

"그만큼 급한 일이니 그렇습니다."

"뭐, 어쩔 수 없죠."

엘리사는 어깨를 으쓱이며 수정구를 꺼냈다.

귀하기 짝이 없는 수정구는 그 가치가 황금보다 더하다.

그런 수정구를 들고 다니는 엘리사의 배포도 참 대단한 것이다.

수정구를 탁자위에 올려놓은 엘리사는 수정구에 손을 얹었다.

웅웅웅웅.

엘리사의 주변으로 마나가 공명했다.

그리고 그녀의 팔과 손목, 그리고 손끝을 타고 마나가 흘렀다.

마치 계곡물처럼 졸졸졸 흐르던 마나는 점점 넓어지고 깊어지더니 이내 커다란 강처럼 세차게 변했다.

그러한 변화를 직접 목격하고 느낀 비첼의 눈동자가 커졌다.

작고 여린 몸에 저토록 많은 마나가 흐르다니…….

새삼 엘리사가 대단해 보였다.

마나가 수정구에 주입되자 이내 수정구가 빛을 발했다.

맑고 투명한 빛이 수정구에서 뿜어져 나왔다. 그런 신기한 광경에 코아락과 노카일이 입을 쩍 벌렸다. 그들이 언제 마법 수정구를 본 적이 있겠는가.

"다들 처음 보나 봐요?"

그런 모습을 재밌다는 듯 웃는 엘리사였다.

비첼은 어깨를 으쓱이며 지도의 한 지점을 가리켰다.

"이곳입니다."

"어디 보자… 존나타 영지? 좌표가 여기 있네요. 잠시만요."

비첼이 가리킨 곳의 지명은 바로 로스터의 중부대로에 위치한 존나타 영지였다.

익숙한 지명에 노카일과 코아락이 일제히 의문 어린 시선으로 비첼을 바라보았다.

그러나 비첼은 속 시원한 대답 대신 묵묵히 엘리사를 바라볼 뿐이었다.

지도에 적힌 좌표대로 수정구에 입력한 엘리사는 이내 인상을 찌푸렸다.

"이런."

"왜, 무슨 일입니까?"

"이 도시에만 수정구가 아홉 개에요. 여기서 하나를 찾으려면… 이거 참."

"그렇다면 이걸 전송해 보세요."

비첼은 지도 위로 무언가 적어나갔다.

노카일과 코아락은 그것을 보더니 이내 고개를 끄덕였다.

비첼이 적은 것은 하나의 암호였는데, 바로 부흥군 내에서 통용되는 암호였다. 그것도 비상상황을 알리는 암호. 이 암호를 보고 해독이 되어 통신이 이루어진다면 비첼이 목적한 곳이 맞았다.

엘리사는 고개를 끄덕이며 암호를 입력했다.

그러자 수정구의 빛이 확확 바뀌었다.

띵— 띵—

통신이 이루어지 끊어지는 소리가 연이어 들렸다.

얼마나 시간이 지났을까.

눈을 감고 수정구에 집중하던 엘리사가 돌연 눈을 번쩍 떴다.

"됐어요! 통신이 이루어졌어요."

엘리사는 그러면서 지도위에 무언가를 써내려갔다.

수정구를 통해 전달되어 오는 메시지였는데 그것을 그대로 써 내린 것이다.

그것을 본 비첼은 눈을 빛냈다.

암호였다.

부흥군 내에서 통용되는 또 다른 암호. 비첼의 입에 선명한 미소가 맺혔다.

"연결해 주십시오."

"좋아요. 바로 연결해드리죠."

엘리사도 통신이 이루어진 게 마음에 드는 듯 싱긋 웃었다.

얼마나 시간이 흘렀을까.

수정구에서 청명하기 짝이 없는 빛이 뿜어졌다.

그리고 이어 드러난 모습.

허허 웃고 있는 노인의 얼굴이 드러났다.

그리고 수정구에서 늙수그레한 목소리가 들렸다.

—비첼, 자네인가?

단숨에 비첼을 알아보는 목소리의 주인.

비첼은 그제야 크게 웃으며 말했다.

"오랜만입니다. 로드니악 님."

—하하하! 정말 비첼, 자네였군. 살아 있었군! 세상에 파우띠나에게 잡혀가 놓고도 살아 있다니……!

수정구 안의 노인은 다름 아닌 로스트 제일상단을 이끄는 로드니악이었다.

비첼은 과거 로드니악 상단을 찾았을 때, 그의 방에 있던 수정구를 기억했다.

또한 로스트 제일상단인만큼 대기하고 있는 마법사가 있으리라고 생각했다.

그것을 떠올린 비첼은 다짜고짜 로드니악 상단의 본거지가 있는 존나타를 가리키며 통신을 해달라고 했던 것이다. 다행히도 운이 좋아 비첼의 의도대로 진행됐다.

—그래, 무슨 일인가? 거긴 어디고? 좌표를 보아하니 에페르넨인데?

"그렇습니다. 이야기하자면 길지만… 최대한 간추려 말해드리죠."

비첼은 이어 지금까지 있었던 이야기를 간단히 압축해 말했다. 그리고 삼왕자가 이곳에 왔다는 얘기를 거론했다. 거기까지 이야기가 나오자 비첼이 위기에 처했다는 대목에서도 침착했던 로드니악의 얼굴에 파문이 일었다.

—맙소사!

"역시, 로드니악 님도 놀라시는군요.

—믿을 수가 없군! 삼왕자가 그곳에 있단 말인가?

"그렇습니다. 이곳 총사령관이 직접 말해준 정보입니다."

—그렇다면… 진짜 제국의 편에 돌아선 것인가?

"…그건 아직 모르겠습니다."

—우리 상단은 직접 붉은 제국까지 상행을 보내기도 했었네. 그 와중에 삼왕자의 신병을 찾아보려고 애를 썼었지. 이건 자네도 알거야. 그쪽에서 부탁한 일이었으니까 말이지.

"알고 있습니다."

비첼이 천천히 고개를 끄덕였다.

유니아스는 삼왕자의 신병을 확보하기 위해 로드니악 상단도 동원했다. 로스트 전역을 누비는 정보력을 가진 로드니악 상단이라면 충분히 찾아낼 수 있으리라 판단했던 것이다.

—그때 우리는 제국의 대학자들과 궤변론자, 그리고 수많은 마법사들이 삼왕자를 세뇌교육하고 있다는 걸 발견했다네. 이건 유니아스 영애께서도 알고 있을 거야. 자네도 알고 있지?

"…그렇습니다."

그러한 정보를 3년 전에 들은 적이 있었다.

그것 때문에 비첼은 삼왕자가 결국 제국의 편에 돌아섰으리라 자기도 모르게 단정 짓고 있었다.

—그런 삼왕자가 지금 등장했다는 건……. 아마 제국의 편에 섰다는 것일지도 몰라. 그리고 그곳에 있는 로스트인으로 구성된 병단들 격려하기 위해서일지도 모르지.

"……."

—상황이 몹시 심각하군. 그래, 자넨 어쩔 생각인가?

"우선 이러한 상황을 유니아스 님께 알려주십시오.

—그렇게 하지.

"그리고 전… 그를 만나러 가야겠습니다."

—그? 설마 삼왕자를 말하는 건가?

"그렇습니다."

—자네 미쳤나? 그곳엔 십만 대군이 넘는 병사들이 있다 하지 않았는가?

"어쩔 수 없습니다. 만일 그가 돌아섰다면… 제 손으로 그를 제거해야 하지 않겠습니까?"

비첼의 목소리가 싸늘해졌다.

싸늘해지는 목소리엔 섬뜩한 살기가 잔뜩 날을 세웠다. 그 목소리를 들은 노카일도, 코아락도, 그리고 엘리사도 저도 모르게 몸을 부르르 떨었다.

—자네… 진심이군.

"전 로만인입니다. 부흥군의 존재를 위협한다면, 삼왕자라도 죽일 수 있습니다. 이건 저만이 할 수 있습니다. 로스트의 백성이었던 이들은 못하지요."

—…부디, 무운을 비네.

로드니악이 해줄 수 있는 말은 그것이 전부였다. 비첼은 담담한 표정으로 고개를 끄덕였다. 담담한 표정이었지만 그 속에 숨겨진 결연한 빛을 읽을 수 있었다.

이윽고 통신이 꺼졌다.

애초에 목적했던 바를 이루었다. 로드니악이라면 금세 유니아스에게 이런 사실을 전해줄 것이다.

똑똑하고 지혜로운 유니아스라면 이 사태를 타개할 수 있는 무언가 계획을 짤 수 있으리라.

거기까지 생각하자 비첼은 마음이 편안해졌다.

그런 일은 유니아스에게 맡기면 됐다.

자신이 해야 하는 일은…….

"진짜 갈 거냐?"

"그래."

"염병할 자식. 개자식, 지랄이야 지랄. 위험한 건 지가 다 해야 적성이 풀리지? 응?"

노카일이 욕설을 마구 쏟아냈다. 다른 이가 했다면 듣기 싫은 욕이었지만, 노카일의 욕에는 악의가 없었고 그를 걱정하는 진심만이 담겨 있었다.

비첼은 묵묵히 그의 어깨를 두드렸다.

"젠장. 이번에 나도 따라간다."

"뭐?"

"나도 따라가겠네, 비첼."

"……."

노카일에 이어 코아락까지 그리 말하자 비첼은 입을 닫았다.

혼자 가는 것보단 셋이 가는 게 더 확률이 높다.

그러나 죽을 수도 있는 사지(死地)로 향하는 길이다. 그곳에 친한 친우인 둘을 데려가기엔 망설여진다.

하지만 노카일과 코아락은 이번에 용납하지 않겠다는 듯 단호한 빛을 보였다.

이미 비첼 홀로 보냈다가 그를 잃을 뻔한 경험 때문일까.

둘은 결단코 비첼을 따라가기로 결심했다. 비첼도 그런 마음을 읽었는지 한숨을 내쉬며 고개를 끄덕였다.

"죽을지도 모르는 길입니다."

"살아남으면 되지, 뭘 걱정이냐."

"……."

"그래. 뺀질이 말이 맞네. 하지만 죽을지도 모르는 길이지, 반드시 죽는 길은 아니지 않는가? 살아남으면 되는 일이야."

비첼은 고개를 끄덕였다. 이렇게 된 이상 별수 없었다. 같이 가서 무사히 일을 해결해야 했다. 그러자 비첼의 머리가 맹렬하게 회전했다. 그의 품속에는 척 모리스가 전해준 성 내부를 그린 지도가 있었다.

그리고 당연하게도 지도에는 성 밖으로 향할 수 있는 굴이 곳곳에 있었다.

"잠깐만요, 나도 갈래요."

그때 별안간 외치는 뾰족한 음성.

비첼도 순간 어이가 없어졌다.

다짜고짜 따라가겠다고 말한 사람은 다름 아닌 묵묵히 상황을 지켜보던 엘리사였다.

엘리사의 돌발 행동에 비첼은 미처 대답하지 못했다.

"나도 가야겠어요."

"무슨 말씀인지 모르겠습니다."

"나도 따라가겠다구요."

"…이것이 장난으로 보입니까?"

비첼의 목소리가 싸늘해졌다. 앞서 거론했듯이 이번일은 사지로 가는 길이다. 그런데도 따라나서겠다니. 그 모습이 철부지 여자아이의 모습과 같아 비첼의 얼굴은 차가워졌다.

그러나 엘리사는 철부지 어린애가 아니었다.

그녀는 최고의 엘리트인 마법사 중 하나였다.

"전혀요. 난 절대 장난으로 안 봐요. 진지하다고요."

"위험합니다. 안 됩니다."

"아니요, 제가 꼭 필요할 걸요?"

"……?"

비첼이 눈을 가늘게 뜨자 엘리사는 어깨를 쫙 피며 의기양양한 표정으로 말했다.

"아까 대화를 들어보니 그 삼왕자에게 학자뿐만 아니라 마법사들도 달라붙어 세뇌시키고 있다고 했죠?"

"……."

"마법사들의 세뇌 마법은 지독해요. 독하죠. 설득이나 무언가 각성을 줄 수 있는 행동으로 세뇌를 풀게 할 수는 있죠. 하지만 마법으로 세뇌당한 것은 달라요."

비첼은 묵묵히 들었다. 마법에 관한 건 그의 분야가 아니었다. 비첼에게도 마법이란 건 생소하고 낯선 분야였다.

"마법으로 세뇌한 것은, 오로지 마법으로만 풀 수 있어요."

"……!"

"그래서 제가 필요해요."

비첼은 입을 다물고 그녀를 지그시 바라보았다.

혹여나 거짓을 말하는가 싶어 비첼의 눈빛은 날카롭기 짝이 없었다. 하지만 비첼의 시선을 마주하는 엘리사의 눈동자는 차분했다.

차분한 눈빛을 보아하니 결코 거짓을 말하는 거라고 여겨지지는 않았다.

엘리사의 말에 비첼은 마음이 흔들렸다.

말과 행동으로 세뇌를 어느 정도 되돌릴 수 있다.

하나 그녀의 말대로 세뇌 마법은 마법으로만 해결할 수 있을 것이다.

그렇다면 마법사인 엘리사의 도움이 절대적으로 필요하다. 그렇지 않으면 결국 삼왕자를 죽일 수밖에 없으니까. 하지만 위험한 곳에 그녀를 데려가기엔 비첼의 마음이 모질지 못했다.

"그래도 안 됩니다."

"아, 왜요?"

"위험합니다."

"이봐요. 뭘 모르시나 본데, 난 댁이 걱정할 정도로 약하지 않아요. 날 평범한 귀족 영애로 보면 큰코다쳐요. 이래봬도 근접전이 아니면 기사 둘을 찜 쪄 먹을 실력을 가진 마법사라구요, 알겠어요? 난 마법사에요. 마법사 엘리나!"

"……."

"뭐라 하든 따라갈 거예요."

팔짱을 끼며 단호하게 선언하듯 말하는 엘리나. 그런 모습을 보고 있으려니 나오는 건 한숨뿐이었다.

"후우……."

엘리사의 고집에 비첼은 고개를 저었다. 그리고 애써 그녀를 무시하며 지도를 펴놓고 작전을 설명했다.

그것이 무언의 긍정임을 느꼈음인가?

엘리사의 표정이 환해졌다.

*　　*　　*

달빛마저 없는 칠흑같이 어두운 밤이었다.

새벽이 찾아오자 떠들썩했던 제국군 진영에도 침묵이 찾아왔다.

보초를 서는 경계병들만이 이글거리는 횃불 옆에 서 있을 뿐, 막사에서는 코고는 소리만이 가득했다.

그런 제국군 목책 사이로 스며드는 은밀한 그림자가 있었다.

그림자의 숫자는 넷이었다.

두 개의 그림자는 키는 컸지만 호리호리했고, 그림자 하나는 키가 작지만 듬직한 체구였다. 그리고 다른 그림자는 작고 아담했다.

그림자들은 경계병들의 시선이 닿지 않는 사각지대만을 이용해 움직였다.

그들의 움직임은 은밀해서 알아차린 이가 하나도 없을 정도였다.

더구나 하늘도 그들을 돕는지 경비들 중 일부는 졸거나 딴 짓을 하고 있었다. 그런 이들을 적절히 이용하면 사각지대를 좀 더 많이 만들어낼 수 있었다. 그렇게 그림자들은 어둠속에 스며들듯 움직였다.

그림자들은 다름 아닌 비첼 일행이었다.

척 모리스가 알려준 길을 따라 성 밖을 빠져나온 비첼은 곧바로 제국군 진영으로 올 수 있었다.

척 모리스가 준 지도에는 그간 첩자들이 알려준 병력 배치와 경비 배치 상황이 있었기에, 이토록 은밀히 움직일 수 있었던 것이다.

—우와. 정말로 대단해요. 혹시 어쌔신이었어요?

그때, 머릿속에 엘리사의 메시지 마법이 전달됐다.

위험한 길을 걸음에도 그 독특한 성격을 잃지 않는 엘리사의 유쾌함에 비첼은 저도 모르게 소리 없이 웃었다.

엘리사의 메시지에도 비첼은 대답하지 않고 몸을 움직였다.

사실 대답하고 싶어도 대답할 수단이 없었다. 마법사도 아닌 그가 메시지를 전할 수는 없었다. 싱그레이처럼 경지에 오르면 모를까 말이다.

—앞에서 누가 와요!

얼마나 들어갔을까.

맨 뒤에 있던 엘리사가 말했다. 비첼도 앞에서 다가오는 기척을 느껴 움직임을 멈췄다. 오로지 기감에만 의지하는 비첼과는 달리 엘리사는 마법을 이용해 주위 기척을 읽었다.

어쩌면 비첼의 뛰어난 기감보다 더 정확했기에 비첼은 그녀를 신뢰했다.

이윽고 어둠 사이로 한 인영이 보였다.

비첼은 슬쩍 뒤에 있던 노카일에게 눈짓을 줬다.

그러자 노카일은 등에 매고 있던 석궁을 풀었다.

석궁은 거의 소음이 없다. 그렇기에 은밀히 사람을 죽일 때 아주 유용했다.

'신호를 주면 바로 쏘도록.'

비첼의 눈빛이 그렇게 말했다. 노카일은 고개를 끄덕이고 석궁을 겨눴다.

당장에라도 시위를 놓을 수 있을 정도로 노카일의 손끝이 긴장으로 감각이 예민해졌다.

인영은 멈추지 않고 다가왔다.

마치 비첼 일행이 있다는 것을 짐작한 듯한 움직임이었다.

인영은 점점 더 가까워졌다. 그럴수록 석궁을 겨눈 노카일의 몸은 긴장으로 팽팽해졌다. 얼마나 가까워졌을까. 다가오던 인영이 문득 속삭이듯 말했다.

"연합군이오?"

"……."

비첼은 대답하지 않았다.

'예' 라고 대답하기엔 상대의 정체가 확실치 않았다.

"로스타!"

"에페르넨."

비첼이 짤막하게 대답하자 그제야 인영은 안심한 듯 천천히 다가왔다.

이것은 서로 정해놓은 암구호였다.

"반갑소. 사령관 각하께서 사람을 보낸다길래, 기다리고 있었소."

"긴 인사는 하지 않는 게 좋을 것 같소."

비첼은 그를 바라보며 길게 대화를 끌 것 없다는 듯한 뉘앙스를 대놓고 풍겼다. 상대는 연합군 측에서 제국군 진영에 심어놓은 첩자였다.

척 모리스에게 미리 언지를 받았기에 이리 마중을 나온 것이다.

"알겠소. 여기 받으시오."

첩자는 그렇게 말하며 무언가 건넸다.

바로 제국 병사들이 입는 갑옷이었다. 갑옷은 다행히도 숫자에 맞게 준비가 되어 있었다. 다만 사이즈가 조금 달랐을 뿐이지만, 약간의 불편만 감수하면 되는 일이었다.

"20분 후, 왕자가 있는 막사의 경비가 교대하오. 암구호는 올빼미, 그리고 하데스요."

"알겠소."

"15분 후쯤에 교대할 병사들이 올 터이니 내가 알려둔 곳에 미리 대기했다가 단숨에 제거하시오. 그리고 그들로 위장해 교대하면 될 거요."

비첼은 고개를 끄덕였다.

척 모리스는 꽤나 단단히 준비했다. 비첼은 그런 척 모리스에게 어느 정도 고마움을 느꼈다. 만일 척 모리스의 도움이 없었다면 애초에 삼왕자를 만나러 간다는 계획 자체는 짤 수가 없었으리라.

비첼은 곧바로 옷을 갈아입었다.

—어휴. 또 옷을 갈아입네. 보지 마요.

엘리사의 한숨짓는 메시지가 비첼뿐만 아니라 노카일과 코아락에게도 전해졌다.

코아락은 허허로운 웃음을 지으며 고개를 돌렸고 비첼도 마찬가지였다. 다만 노카일만이 은근슬쩍 고개를 돌리지 않고 가만히 있었다.

"노카일."

"…쳇. 알았어, 알겠다고."

결국 비첼의 나직한 음성에 노카일은 고개를 돌릴 수밖에 없었다.

그사이 엘리사는 준비한 병사 옷으로 다 갈아입었다.

"그럼 무운을 비오."

첩자는 그렇게 말하며 어둠 속으로 사라졌다.

비첼은 그에게 눈빛으로 감사 인사를 전하고 곧바로 움직였다.

첩자가 알려준 곳은 삼왕자의 막사 근처에 있는 작은 언덕이었다.

그 뒤에 숨으면 아무도 보지 못할 듯했다.

"이곳에서 기다린다."

비첼은 그렇게 말하며 언덕 뒤로 몸을 숨겼다.

네 명이 숨기엔 작은 언덕이었지만 몸을 억지로 구기니 충분히 숨을 만했다.

대신에 비첼은 네 명의 몸뚱이는 달싹 달라붙게 됐다. 비첼을 비롯한 남정네들은 상관없었지만 엘리사는 불만스런지 한숨을 내쉬었다.

—이런, 좀 씻어요. 다 결혼 안하셨어요?

"흠흠."

"크흐음……."

—홀아비 냄새가 진동을 하네요. 어휴.

"하……."

이런 상황에서 저리 태연한 말을 하는 엘리사의 모습에 비첼은 고개를 저었다.

독특하다 못해 대담하다고 해야 할까. 배짱 좋다고 해야 할까.

하여튼 간에 나쁜 모습은 아니다.

이런 긴장상태엔 적절한 이완도 필요한 법이고, 엘리사는 그것을 훌륭하게 해내고 있었다.

—비첼, 당신도 결혼 안했죠? 아니지. 당신은 몇 살이에요? 여기 나이든 사람들보단 어린 것 같은데.

"글쎄. 스무 살이나 됐을런지."

—엑? 스무 살? 그것밖에 안 됐어요? 완전 어리네.

"……."

—난 스물다섯이에요. 보기완 다르게 나이가 많아 보이네요. 못해도 저랑 동갑일 줄 알았거든요. 관리 좀 하셔야겠어요. 워낙 험한 일을 많이 해서인지 나이가 좀 들어 보이시네요.

비첼은 대답하지 않았다.

기분이 상해서가 아니었다. 그렇게 잡담을 나누던 도중에 저 멀리서 기척이 느껴졌기 때문이다.

총 네 명의 그림자가 횃불을 들고 다가오고 있었다.

비첼은 슬쩍 시간을 살피니 그들이 교대할 경비들임을 알아차렸다.

슥슥.

비첼이 손짓으로 신호를 주자 각자 준비를 시작했다.

노카일은 석궁으로 맨 앞에 있던 사내를 겨누었고 코아락도 당장 튀어나갈 것처럼 자세를 취했다. 비첼도 마찬가지였다.

엘리사 역시 조용히, 그리고 은밀하게 마나를 공명시켰다.

'3분.'

비첼은 마음속으로 시간을 세고 있었다.

대략 3분이 지나자 그들은 언덕 코앞에 있었다. 그리고 언덕을 지나가려는 그 순간, 비첼의 손이 움직였다.

홍홍!

허공을 가르며 핸드 액스가 날아갔다.

"사일런스."

웅웅!

동시에 엘리사가 나직이 외치자 마나가 공명하며 음파를 차단하는 마나의 벽이 주위에 생성됐다. 곧바로 이어서 노카일이 석궁을 쏘았다.

그러한 과정이 고작 3초 안에 이루어졌다.

극히 짧은 시간에 이루어진 것이다.

퍽! 퍽!

"억!"

"아악!"

"습, 습격이다!"

단숨에 두 명이 죽어나가자 남은 두 명이 바락바락 소리쳤다.

그러나 이미 사일런스 마법이 시전된 후였다. 그들의 외침은 밖에 전해지지 않았다.

그 틈을 타 코아락의 곰 같은 체구가 하늘을 날 듯 가볍게 움직였다.

코아락의 손에 들린 롱소드가 마치 춤을 추듯 화려하게 움직였다.

카카카캉!

몇 번 서로 검격이 오갔다.

하나 제국 병사는 코아락을 이겨내지 못했다. 최고의 주먹패 수장답게 코아락의 실력도 과연 대단했다. 순식간에 병사들을 죽여 버린 것이다.

"후. 가뿐하군."

"시체를 치우자고. 털보."

"빨리 움직여야겠어."

노카일과 비첼이 빠르게 다가가 시체를 둘러맸다.

그러자 엘리사가 조용히 손을 움직이며 마법을 사용했다.

"디그(Dig)!"

푸푸푹!

엘리사가 디그 마법을 사용하자 땅이 순식간에 파이더니 구덩이가 생겨났다.

연이어 디그 마법을 대여섯 번 더 사용하자 구덩이는 사람 네다섯이 들어갈 정도로 깊어졌다.

그 모습을 보며 코아락은 혀를 내둘렀다.

"마법은 거의 사기나 다름없군."

"그러니까 말이오."

죽은 제국 병사의 시체를 다 안에 묻고 엘리사는 다시 마법을 사용해 흙을 덮었다. 그러자 감쪽같이 시체들이 사라졌다.

"후, 후우… 나 힘들어요. 더 이상 마법 쓰기 힘드니 이젠 알아서 하세요."

연이은 마법 사용에 지쳤는지 엘리사가 소매로 이마의 땀을 훔쳤다.

비첼은 그녀를 살짝 부축하며 고개를 끄덕였다.

"빠르게 끝마치고 갑시다."

"정지! 올빼미!"

삼왕자의 막사에 가까이 다가가자 막사 입구 좌측에 있던 병사가 앞을 막아서며 외쳤다.

그러자 비첼이 한 발짝 나아가며 나직이 말했다.

"하데스."

"오케이. 좀 늦었군."

"미안하게 됐네. 오는 길에 소피가 급해서."

"끌끌끌. 알겠다고. 두 시간 후에 교대가 올 때까지 잘 버텨. 이거야 원 지루하기 짝이 없어서 말이야."

병사는 그렇게 말하며 기지개를 폈다. 막사 입구 좌우에 각각 두 명씩 경비를 서고 있었으니 딱 네 명이 맞았다. 그걸 보고 비첼은 슬쩍 엘리사에게 시선이 저도 모르게 향했다. 엘리사도 때마침 비첼을 보고 있어서 두 시선이 마주쳤다.

—봐요. 내가 따라왔으니 숫자가 딱 맞잖아요.

"……."

비첼은 아무 말 없이 교대해 막사 옆에 섰다. 그런 비첼의 옆으로 엘리사가 섰고, 입구 우측으로 코아락과 노카일이 섰다. 비첼과 엘리사가 나란히 서자 비첼을 바라보는 노카일의 눈빛이 심상치 않았다.

"…뭐냐."

"흠. 아니야."

비첼의 물음에 노카일은 어깨를 으쓱일 뿐이었다. 네 명은 그렇게 진짜 경비를 보는 경비병처럼 가만히 서 있었다. 곧바로 안으로 들어가기엔 아직 돌아다니는 병사가 조금씩은 있었기 때문이다.

얼마나 시간이 흘렀을까.

대략 한 시간쯤 지나고 더 이상 인기척이 들리지 않자 비첼이 조용히 움직였다.

"나와 엘리사만 들어간다."

"음? 둘이서 괜찮겠나?"

"네 명이 다 들어갈 수는 없습니다. 최소한 두 명이 경비를 보는 척 남아 있어야 합니다. 만일 삼왕자가 세뇌 마법에 걸려 있을 때를 대비해 엘리사 님은 반드시 있어야 하고요."

"그래. 조심하게."

"조심하라고 비첼, 거기 마법사 양반도."

"걱정 마요. 이래봬도 나, 제법 실력 있는 마법사에요."

엘리사는 그렇게 말하며 비첼보다 먼저 안으로 들어갔다.

비첼은 짧게 한숨을 내쉬며 곧바로 막사 안으로 들어갔다.

둘의 움직임은 은밀하기 그지없었다.

안으로 들어서자 훈훈한 열기를 내는 난로와 그 뒤 푹신한 침상 위에 누워 있는 사람이 보였다.

비첼은 엘리사에게 눈짓을 줬다.

그러자 엘리사는 다시 마나를 공명시키더니 사일런스 마법을 사용했다.

웅웅!

막사 주변으로 마나의 벽이 만들어지자 비첼은 입을 열었다.

"가만히 계십시오. 제가 대화를 나눌 터이니, 세뇌 마법에 걸린 것 같다면 신호를 주세요."

"알겠어요."

비첼은 침상에 다가갔다.

이십대 후반, 또는 삼십대 초반으로 보이는 잘생긴 사내가 누워 있었다.

그간 고생이 많았을까? 얼굴빛은 약간 상해 있었다. 비첼은 기억을 되짚어 보았다. 과거 보았던 삼왕자의 초상을.

초상화보다 조금 마른 것을 제외하면 일치했다.

"이자가… 삼왕자 뉴델라 로스트……."

드디어 찾았다.

삼왕자, 뉴델라 로스트를.

그때 인기척에 잠이 깼는지 삼왕자는 몸을 비틀었다. 어렴풋이 실눈을 떴다.

"……!"

그리고 비첼과 시선을 마주친 삼왕자의 몸이 순간 크게 떨렸다.

"누, 누구냐!"

삼왕자는 벌떡 일어서며 뒤로 물러났다.

갑자기 눈을 뜨니, 낯선 인물이 머리맡에서 자신을 내려다보고 있으니 어찌 놀라지 않으랴!

비첼은 담담한 시선으로 삼왕자를 바라보았다.

"네, 네놈은 누구길래 이곳에 들어왔느냐!"

"삼왕자 저하."

"누구냐, 누구길래 날 아직도 그리 불리는 것이냐."

"로스트 왕가의 왕자님을 그리 부르지 않는다면, 어찌 부르라는 겁니까."

"……!"

삼왕자의 동공이 거세게 흔들렸다.

제국에 잡혀간 이후 그는 로스트 삼왕자란 신분을 버릴 수밖에 없었다.

제국의 철저한 세뇌와 위협 속에 살아남기 위해 그는 제국민의 신분을 선택했다.

그런데 자신을 삼왕자라고 불러주는 이를 제국군 진영에서 만날 줄이랴.

"제국군인가!"

"아닙니다."

"그럼 누구인가. 누구길래 이런 밤중에 제국군 진영 한복판에 들어올 수 있단 말이냐."

초췌하고 당황한 듯 보이지만 삼왕자에게서는 높은 위치에 있는 사람에게서만 보이는 당당함과 위엄이 보였다.

'과연 왕가의 피란 말인가.'

로스트 국왕은 제법 뛰어난 왕이었다. 학식이나 백성들을 사랑하는 마음에선 모자라지 않았고 그가 시행했던 정책들 중 성공적인 것들이 많았다.

호부 밑에 견자 없다고, 삼왕자의 눈동자에도 총기가 있었다.

파팍.

비첼은 바닥에 부복했다.

"로스트 부흥군입니다, 저하. 뒤늦게 찾아온 소인을 용서하여주십시오."

"부흥군이라니!"

부흥군이란 말에 삼왕자의 목소리가 크게 떨렸다. 무언가 충격을 받은 듯 휘청거렸다. 하나 그것도 잠시였다. 삼왕자의 얼굴이 딱딱해지다 못해 싸늘해졌다.

총기 가늑했던 눈동자가 마치 무언가에 홀린 듯 변했다. 그리고 그의 입에서 추상같은 호통이 떨어졌다.

"게 누구 없느냐!"

"저하!"

"이 반군 놈들을 당장 내치지 못할까!"

"……!"

비첼의 얼굴이 딱딱해졌다.

그 순간, 엘리사의 메시지 마법이 뇌리에 전해졌다.

―세뇌 마법에 걸려 있어요.

"풀 수 있습니까?"

비첼은 곧바로 일어나 돌아서며 말했다. 엘리사는 묵묵히 고개를 끄덕였다.

―물론 풀 수 있어요. 세뇌 마법은 세뇌하기가 어렵지, 그것을 푸는 건 어렵지 않거든요. 하지만… 보아하니 제국은 마법을 걸기 전에 삼왕자를 고문하고 협박한 것 같아요. 그의 머릿속에는 제국에 대한 진한 두려움이 바탕으로 깔려 있어요. 세뇌 마법을 푼다고 해도 제국을 두려워하는 삼왕자가 원래대로 돌아올 수 있으리라곤 장담 못해요.

"마법만 푸시오. 그 다음은 내가 해결합니다."

비첼이 굳은 얼굴로 말하자 엘리사는 한 발짝 움직였다. 그런 모습을 지켜보고 있던 삼왕자의 얼굴에 노기가 서렸다.

"네 이놈, 도대체 무얼 하는 게냐! 감히 날 능멸하는 게냐. 날 능멸하고도 무사할 줄 알았더냐! 로스트 부흥군? 하! 겉만 번지르르한 반군 놈들이 여기가 어디라고 왔느냐."

처음 총기가 가득했던 눈동자는 흐리멍덩했다. 마치 막 잠에서 깨어난 것처럼, 또는 약에 취한 듯한 눈빛이었다.

비첼이 로스트 부흥군을 거론하니 생긴 변화였다. 아마 부흥군이란 단어 때문에 뇌리에 스며들어 있던 세뇌 마법이 영향을 끼친 것일지도 몰랐다.

그렇게 생각한 비첼은 엘리사를 바라보았다.

"계집. 뭐하는 게냐!"

"붙잡아줘요!"

엘리사가 가까이 다가오자 삼왕자는 벌떡 일어서서 주먹을 휘둘렀다.

제법 체격이 좋은 삼왕자였기에 엘리사는 충분히 위협을 느꼈다.

비첼은 곧바로 삼왕자를 제압했다.

우득!

"으윽… 놓지 못할까! 밖에 아무도 없느냐! 침입자다. 침입자가 들어왔단 말이다!"

비첼은 삼왕자를 무릎 굽히고 발목을 발로 지그시 눌렀다. 그 고통에 차마 일어서지 못하는 삼왕자의 두 팔을 모아 꽉 쥐었다. 사지가 결박당한 삼왕자에게 엘리사가 다가왔다.

웅웅웅웅웅.

"음!"

비첼이 놀랄 정도로 거센 마나 공명이 막사 안에 휘몰아쳤다.

엘리사의 손길이 삼왕자의 머리에 닿았다. 그 순간, 휘몰아치던 마나가 엘리사의 손끝에 모이더니 삼왕자의 머릿속으로 스며들어 갔다.

푸른빛이 번쩍이는 화려한 광경이었다.

엘리사는 끊임없이 입으로 무언아 웅얼거렸고 그럴수록 삼왕자의 발악은 더욱 심해갔다.

"으으아아아악!"

머릿속에서 무언가 끊어지는 느낌이 든 삼왕자는 온몸을 비틀었다.

입가에 침이 줄줄 흘러내렸다.

흐리멍덩했던 눈동자가 뚜렷해지다가, 다시 텅 빈 것처럼 공허해지기를 반복했다.

삼왕자의 반응이 심해질수록 그에게 흘러가는 마나의 양은 기하급수적으로 늘었다.

얼마나 시간이 흘렀을까.

삼왕자를 붙잡아 놓은 비첼의 이마에 식은땀이 흥건해질 무렵에서야 삼왕자는 잠잠해졌다. 마치 모든 힘을 다 소진한 듯 간헐적으로 몸을 떨 뿐이었다.

"끝났어요. 세뇌 마법은 완전히 몰아냈어요. 하지만… 이젠 비첼, 당신이 설득해야 해요."

엘리사는 휘청거리더니 바닥에 풀썩 주저앉았다.

말단 마법사인 그녀가 하기엔 너무나 고위의 마법이었기에 모든 힘을 다 소진했다. 당분간 마법을 사용할 수 없을 정도로 그녀는 지쳐 있었다.

"으으… 으."

"삼왕자 저하. 두 눈을 크게 뜨십시오."

"…으으. 도대체… 대체 무슨 일이란 말이다."

"정신을 차리소서. 당신을 기다렸던 수많은 군사가 있습니다."

"군사? 군사라니……. 로스트는 멸망당했다. 그날에 아버지와 어머니는 죽었고, 형님들도 죽었다. 난 로스트란 성을 버렸다. 나는 뉴델라 네르친스크다."

"……."

네르친스크는 제국 황가의 성씨다.

로스트의 성씨를 버리고 제국 황가의 성씨를 갖게 되다니…….

세뇌 마법에 풀렸지만, 그간 고만과 협박 그리고 위협 때문인지 삼왕자는 스스로를 부정하고 있었다.

"아닙니다, 저하는 뉴델라 로스트. 로스트 왕가의 고귀한 혈통이자 로스트의 유일한 후계자입니다."

"……."

"당신을 보위에 올리기 위해 백성들과 병사들이 아직도 싸우고 있습니다. 매일같이 싸우고, 제국의 칼날아래 지금도 무참하게 죽어나고 있습니다. 오로지 로스트의 부흥을 위해 초개같이 몸을 던지는 애국지사들이 있습니다. 저하. 부디 과거의 영광을 되찾으소서!"

"저리 가라!"

"……!"

삼왕자가 역정을 내며 비첼을 물리쳤다.

비첼은 말없이 한걸음 뒤로 물러났다. 삼왕자의 얼굴엔 혼란스런 감정이 그대로 드러났다. 하지만 비첼은 그 속에 숨겨진 감정까지 읽으려고 노력했다.

'두려워한다. 진심으로, 두려워하고 있어.'

도대체 제국에서 무슨 일이 있었던 걸까. 얼마나 심한 고초를 겪었으면 저리도 두려워하는 걸까. 제국에 대한 진한 두려움이 가족에 대한 복수심도 누르고 있었다.

비첼은 결국 강하게 나가기로 결심했다.

스응!

"……!"

비첼이 도끼를 꺼내들자 막사 안은 숨 막힐 듯한 살기로 터져나갈 듯했다. 비첼의 입가에 비웃음이 걸렸다.

"한심한 새끼."

"…뭐라?"

"비겁한 놈이구나. 넌."

"…이놈이 감히 무슨 말을 지껄이는 게냐!"

180도 변해버린 비첼의 태도에 삼왕자의 얼굴에 혼란스런 빛이 더욱 심해졌다. 그러면서도 마음속에 간직해놓은 자존감이 있는지 벌떡 일어섰다.

그럴수록 비첼의 입가에 걸린 조소가 짙어졌다.

"감히? 하하하. 감히란 말을 쓸 수 있을 정도로 네가 대단하다고 여겨지나?"

"……."

"비겁한 놈. 네놈의 부모와 형제도 죽었다. 제국에 의해 죽었다. 그들이 왜 죽었는가? 네가 버린 로스트를 지키기 위해서 죽은 것이다. 그런데 네놈은 한낱 두려움에 질려 로스트의 성을 버리고 제국의 뒤꽁무니나 좇는가?"

"네놈이… 무얼 안다고……!"

"모른다. 네가 무슨 일을 겪었는지. 하지만 너도 모르지 않나? 로스트를 지키기 위해 죽어나간 수많은 기사와 병사들의 마지막을. 멸망당한 그 순간부터 어떻게든 부흥시키고자 싸우고 또 싸우며 투쟁한 부흥군들의 모습을. 넌 생각이나 했는가?"

"……!"

삼왕자의 몸이 크게 휘청거렸다.

비첼의 목소리에는 짙은 조소와 경멸의 빛이 역력했다. 그것을 온몸으로 느끼자 삼왕자의 머릿속이 강하게 흔들렸다.
무언가 잘못되고 있다는 걸 조금씩 느끼고 있는 것이다.
삼왕자가 흔들리는 모습을 보이자 비첼의 목소리는 커져 갔다.
그의 입가에 걸린 조소는 더욱 더 짙어져 비관적이기까지 했다.
"겁쟁이 새끼. 무서워서 큰소리 한 번 못내는 멍청한 놈. 무언가 해보려고 노력해 보지도 않고 안주하는 자식. 나도 크게 실망했다. 반드시 너의 신병이 필요할 거라 생각했지만, 이젠 아니다. 너 같은 놈이 로스트 부흥의 구심점이 되기엔… 넌 너무 부족해."
"아아……."
"널 위해 죽어나간 부흥군이 안타까울 뿐이다. 개자식아."
"……."
그것이 마지막 비수가 되어 삼왕자의 가슴에 꽂혔다.
수많은 혼란이 머릿속에서 깨져나갔다. 그의 정신이 점점 또렷해졌다.
로스트를 지키기 위해 왕좌에서 도망치지 않았던 아버지.
그런 아버지를 보필하기 위해 손을 잡아주던 어머니.
그리고 너만은 마지막 왕가의 핏줄을 이으라고 말하며 등을 떠밀던 두 형님.
그들의 모습의 머릿속에서 빠르게 스쳐 지나갔다.

애써 잊으려 했다.

두려움에 애써 기억해내지 않으려고 했던 지독하게도 아픈 기억들.

그것들이 머릿속에서 잔상으로 남아 뚜렷해졌다.

그 순간, 비첼의 신형이 빛살처럼 쭉 뻗어졌다.

퍽!

"억!"

가슴에 전해지는 둔중한 충격에 순간적으로 숨이 막힌 삼왕자의 두 눈이 부릅떠졌다.

단숨에 삼왕자를 발로 차 넘어뜨리고, 그 위로 발 하나를 올린 채 오롯이 선 비첼.

스웅!

비첼의 도끼가 당장에라도 삼왕자의 목을 벨 것처럼 겨누어졌다.

그때 비첼의 음성이 마치 천둥처럼 울렸다.

"선택하라!"

"……."

흡사 짐승의 울부짖음 같은 압력이 느껴지는 목소리. 이어 들려오는 말에 삼왕자의 몸이 전율로 떨려왔다.

"왕이 될 것인가? 개가 될 것인가?!"

Chapter 07
칼을 거꾸로 들고

영웅병사

유니아스는 이틀 전에 로드니악으로부터 비첼에게서 연락이 왔단 소식을 듣고 곧바로 존나타로 향했다. 로만스터가 만류했지만 그간 비첼이 죽었으리라 생각할 수밖에 없었던 유니아스였기에 그녀를 말릴 수는 없었다.

결국 유니아스를 비롯해 로만스터와 병사 몇이 말을 달려 존나타로 내려왔다.

상단의 응접실에 앉아 그간 이야기를 들은 유니아스는 눈가에 눈물이 그렁그렁했다.

"그렇군요. 그래서 연락이 닿지 않았던 거네요.

파우띠나에게 붙잡혔단 마지막 소식을 듣고 얼마나 걱정

했던가.

그 이후 한 통의 소식도 없어 마음을 졸였었다. 그러던 와중에 조사를 하던 남부 부흥군에서 백색의 방을 탈출한 이후 행방이 묘연하단 보고를 받고 가슴에 납덩이가 내려앉은 것처럼 답답했다.

어쩌면 죽었을지도 몰랐다고 생각했다.

하지만 비첼은 살아 있었다. 그것도 살아서 부흥군을 위해 또 다른 일을 벌이고 있었다.

그간의 마음고생이 훌훌 날아가는 듯한 기분이었다.

"하지만……. 삼왕자의 신병에 관한 문제는 심각하네."

이어진 로드니악의 말에 유니아스의 표정도 다시 굳어졌다. 그녀의 옆에 서 있던 로만스터의 얼굴도 마찬가지였다.

삼왕자가 나타났다는 소식도 같이 접했지만, 비첼의 안위가 우선이었기에 미처 생각지 못하고 있었다.

"비첼이 그분을 만나러 가겠다고 했었죠?"

로드니악은 대답 대신 고개를 끄덕였다. 유니아스의 얼굴이 딱딱해졌다.

제국군 진영에 나타난 삼왕자를 만난다는 것.

그것은 제국군 진영에 침투하겠다는 말과 일맥상통했다. 다시 한 번 사지로 들어가는 비첼의 모습에 유니아스는 기어코 화가 치밀어 올랐다.

"정말… 어리석은 사람이에요."

"걱정 마시게. 비첼 그 친구, 백색의 방에서도 살아남은 친굴세. 또 그 옆엔 노카일과 코아락도 있으니 혼자가 아니지 않은가. 성공했을 걸세."

"그렇지만 만일 삼왕자가 제국의 편에 섰다면 어떻게 되는 것입니까?"

그때 묵묵히 듣고만 있던 로만스터의 질문에 로드니악의 말도 끊어졌다.

차마 대답을 할 수는 없었다.

그러나 그들은 은연중에 같은 생각을 하고 있었다.

옛날에 삼왕자의 신병을 확보하지 못했을 때, 부흥군 중 누군가를 삼왕자로 위장시킬 생각도 했었다. 가짜 삼왕자를 내세워 부흥군의 위치를 공고히 하고 구심점을 마련하기 위해서다.

하지만 삼왕자의 생사가 확실하지 않은 이상 무리수에 불과했기에 차마 시행하지 못했다.

이런 도중 삼왕자가 나타났다.

만약 제국의 편에 섰다면…….

그때 유니아스의 눈동자에 독기가 맺혔다.

"죽여야죠."

"……!"

"허어……."

"어쩔 수 없어요. 삼왕자께서 제국의 편에 섰다면 우리 부홍군은 단숨에 와해될 수밖에 없어요. 존재 자체의 의미가 부정되는 것이니까요."

"하지만……."

"망설여서는 안 돼요. 저도 로스트 왕가의 신하였어요. 기사 가문의 차녀로 태어나 왕가를 위해 충성하는 것을 당연히 여겼어요. 그러나 전 지금 부흥군을 이끌고 있어요. 대의를 위해서는 희생도 불가피하죠."

과거의 유니아스였다면 절대로 할 수 없는 말이었다. 불과 3~4년 전이었으면 유니아스는 어떻게든 삼왕자를 다시 포섭하기 위해 노력했을 것이다. 그러나 시간이 지나고 그간 있었던 수많은 일로 유니아스도 독해졌고 무서워졌다.

제국이란 거대한 적과 싸우며 생길 수밖에 없는 변화였다.

"그래. 영애의 말이 맞지. 삼왕자가 제국을 지지하는 발언을 한마디라도 한다면 모든 게 무너져. 제국이 그를 등장시킨 것은 로스트인들을 징집하는 것을 정당화하려는 목적이야. 삼왕자가 직접 백성들을 징집하는데 무얼 어찌하겠는가."

"어렵군요. 정말 어렵습니다."

"아마 이것도 류블로프의 머리에서 나온 것일지도 모르겠구나."

"정말 그놈은……."

"어쨌든 비첼도 나와 같은 의견이었다. 그 친구라면… 충분히 일을 해냈을 것이야."

삼왕자의 등장은 큰 파급력을 지녔다.

그의 존재가 지금까지의 정국을 단숨에 뒤집을 정도로 영향력이 막강했다.

그것 때문에 유니아스를 비롯한 부흥군의 머릿속은 한없이 복잡해졌다.

그렇게 서로 중요한 얘기를 나누며 앞으로의 방향을 정할 때였다.

덜컥!

"연락이 왔습니다!"

응접실 문을 벌컥 열고 들어온 사람은 노노코비치였다. 로드니악이 후에 상단을 물려주리라 점찍은 후계자인 그였다. 과거 비첼과도 마주친 적이 있었던 사람이다.

그러나 그것이 중요한 게 아니었다.

"연락?"

"그렇습니다. 저번에 통신되었던 주소입니다. 에페르넨에서 온 통신 말입니다."

"……!"

그 말에 유니아스의 얼굴에 파문이 일었다.

비첼에게서 연락이 온 것이다.

"어디죠? 어디로 가야 하죠?"

로드니악보다 유니아스가 먼저 일어서 달려갔다. 노노코비치는 앞장서서 달렸다.

지금 그녀의 심장은 어느 때보다 힘차게 뛰고 있었다.

*　　*　　*

"정말 너무한 거 아니에요? 나 완전 움직이지도 못한다고요."

엘리사의 음성은 잔뜩 예민해져 있었다. 비첼은 아무 말도 못하고 미안한 기색이 역력한 얼굴이었다.

그도 그럴 것이 삼왕자의 막사를 빠져나오며 엘리사는 모든 심력을 다 소진했다. 세뇌 마법뿐만 아니라 연이어 또 다른 마법을 펼쳤기 때문이다.

그래서 못해도 삼 일은 족히 요양해야 했다.

그런데 하루가 지나자마자 비첼이 또 마법 통신을 부탁해왔던 것이다.

"나중에 보답하겠습니다. 부탁드립니다."

비첼은 미안한 기색을 지우지도 못하고 고개를 숙였다.

삼왕자 앞에서도 호통을 치며 살기를 내뿜던 그의 모습을 봤기에 이런 공손한 모습을 보고 엘리사도 잔뜩 예민해진 심정을 겨우 가라앉혔다.

"하아, 알았어요. 나중에 진짜 보답을 톡톡히 받아낼 거니 알아서 해요. 진짜로 큰 걸 받아낼 거예요."

엘리사는 그렇게 말하며 다시 수정구를 꺼냈다.

저번에 보여준 과정을 그대로 행하니 수정구에서 빛이 나왔다.

대신 저번에는 주소를 몰랐기에 시간이 걸렸지만 지금은 금방이었다.

수정구의 빛이 환해지더니 통신이 원활하게 이루어졌다.

그리고 얼마 시간이 지나지 않아 수정구에서 전혀 예상치 못했던 사람의 얼굴이 불쑥 나타났다.

—비첼!

"유니아스 님……!"

급하게 뛰어왔는지 머리칼이 얼굴을 살짝 가렸지만 비첼은 알아볼 수 있었다.

바로 유니아스였다.

로드니악에게 마법 통신을 걸었다. 설마 그녀의 얼굴이 튀어나올 줄은 몰랐던 비첼은 당황했다.

—정말 무사하셨군요.

"유니아스 님이 어떻게 거길……."

—로드니악 님께 연락을 받고 바로 달려왔어요. 정말 이제야 연락을 하다니… 그간 얼마나 걱정했었는데…….

유니아스의 목소리가 젖어들었다. 비첼은 대답하지 않고 그저 씁쓸한 미소를 지었다.

왜 몰랐겠는가.

노카일과 코아락도 비첼을 찾으려고 노력했다. 유니아스

도 그들의 마음보다 더하면 더했지, 결코 못하지 않았으리라.

비첼이 묵묵히 미소 짓자 유니아스는 그제야 어설프게 미소를 지었다.

—정말 비첼이네요. 무뚝뚝한 거 말이에요.

"죄송합니다."

—아니에요. 무사하시니 됐어요. 해후는 나중에 칼칼로에서 즐기기로 하죠.

과연 부흥군을 이끄는 유니아스였다. 비첼이 반갑고 하고 싶은 말이 참 많겠지만 곧바로 본론에 들어갔다.

—듣자하니 삼왕자를 대면하러 갔다고 들었어요.

"그랬습니다. 어제 새벽에 다녀왔습니다."

—어찌 되었나요?

유니아스의 질문에 비첼은 잠깐 뜸을 들였다.

지금 여기서 말하는 비첼의 말 한마디가 앞으로의 모든 정국이 바뀌리라는 걸 의미하리라.

한참의 시간이 지나고 비첼이 입을 열었다.

그리고 쏟아져 나오는 그의 말에 유니아스의 얼굴에 파문이 일었다.

비첼의 입에서 쏟아지는 얘기들은 상상도 못했던 엄청난 것들이었다.

지금까지의 모든 것들을 뒤바꿀 수 있는…….

마침내 이야기가 다 끝나자 유니아스는 신음처럼 탄식을

토해낼 수밖에 없었다.

—맙소사…….

"그럼 준비해 주셔야 합니다."

—알겠어요. 부흥군의 모든 힘을 다해 어떻게든 성사시킬게요.

"이제 드디어 일어설 때가 됐습니다.

—…….

비첼의 말에 유니아스는 차마 대답하지 못했다.

그녀의 눈시울이 붉어졌다.

5년이다.

로스트가 무너지고 부흥을 위해 싸워왔던 나날이 5년이나 됐다.

5년 만에 일어설 때가 되었다.

—반드시… 성공하겠어요. 비첼, 무운을 빌어요.

"행운이 함께하길……."

두 명의 얼굴에 결연한 빛이 감돌았다.

*　　*　　*

벌판에 가득 찬 붉은 물결.

그들을 바라보는 이번 도시 국가 원정군 총사령관 첸드리아는 오늘 안에 성을 넘기로 결심했다.

"오늘, 에페르넨을 무너뜨려야겠군."

"충분히 무너뜨릴 수 있습니다. 현재 군사만 16만입니다. 비록 이들 중 13만이 로스트인들로 구성되었지만 에페르넨 쯤이야 오늘 내로 넘을 수 있습니다."

부관의 이어진 설명에 첸드리아는 만족스런 듯 고개를 끄덕였다.

지금까지는 병사들의 희생이 커지더라도 무작정 전투를 치뤘다.

애초에 의도적으로 병사들을 희생시킨 것이다. 그래서 연이은 패배에도 첸드리아는 결코 조급하지 않았다.

마음만 먹으면 에페르넨의 성벽을 넘는 일이야 어렵지 않다.

다만 지금까지 희생을 강요하기 위해 어쩔 수 없이 시간을 끌었을 뿐이다.

하지만 이제는 에페르넨을 넘을 때가 왔다.

로스트 총독인 류블로프가 로스트의 마지막 핏줄을 이곳으로 보낸 것은 이제 에페르넨을 그만 무너뜨리라는 얘기였다.

아직 남은 도시 국가들이 있었으니까.

"더 이상 시간을 끌 수는 없지. 그자를 데려오게."

"알겠습니다."

첸드리아의 명령에 부관은 빠르게 움직였다.

오랜 시간이 지나지 않아 부관은 한 사내를 데리고 왔다. 사내를 보고 첸드리아의 입가엔 비웃음이 걸렸다.

"오셨소? 뉴델라."

"반갑소. 내가 뉴델라요."

부관이 데리고 온 사내는 뉴델라 로스트, 로스트의 마지막 핏줄인 삼왕자였다.

삼왕자를 바라보는 첸드리아의 눈빛엔 경멸의 빛이 담겨 있었다.

"하하하. 제국의 뛰어난 문화에 감명을 받았나 보오. 이젠 제국 사람이 다 되셨소."

"……."

"그렇지 않소? 뉴델라 로스트?"

조롱에도 뉴델라는 묵묵히 서 있을 뿐이었다.

첸드리아는 내심 한 왕가의 왕자였던 만큼 사내다운 모습을 보여주기를 기대했다. 그러나 감히 화도 못 내는 뉴델라의 모습에 마음이 불편한지 그의 눈빛에 어린 경멸의 빛이 더욱 강해졌다.

'쯧쯧쯧. 한때는 왕국의 왕자였으면서… 배알도 없는 사내군. 자신의 국가를 무너뜨린 원수 앞에 굴복하다니. 하기야! 제국의 우월함에 감화된 것이겠지.'

첸드리아는 지극히 국수적인 사상을 가진 인물이었다.

모든 문명 중에서 제국의 것이 가장 우수하다고 믿는 사람이었다.

그런 그였기에 제국인이라는 자부심은 대단했고, 다른 나라들은 모두 한낱 오랑캐에 지나지 않았다.

그는 작전이긴 하지만 사실 로스트인들로 구성된 병단을 지휘하는 것이 매우 불만스러웠다.

그래서 공공연히 그들을 차별했는데 최근 들어 그 정도가 매우 심해진 상태였다. 그런 이유로 로스트 병사들 사이에서는 불만이 폭발 직전까지 가 있는 상태였다.

정말 이러다간 단순한 반발이 아니고 반기를 들 수도 있는 노릇이기에 여기서 삼왕자를 이용하고자 마음먹은 것이다.

"뉴델라, 당신을 부른 것에는 뭐 도움 좀 구하고자 하오."

"무슨 도움이오?"

"여기 모인 로스트 병사들만 해도 13만이오. 그런데 이놈들이 워낙 무지몽매하고 말을 듣지 않아서 말이오. 개는 몽둥이가 약이긴 하지만, 이놈들은 몽둥이로도 한계가 있으니……. 물론 지금이야 위대하신 황제 폐하의 2등 신민이지만, 그래도 한때는 당신의 백성이 아니었소? 당신이 좀 격려해주시오. 오늘 안에 성벽을 넘을 거니 사기를 북돋아주고."

"……."

로스트인들을 폄훼하는 발언에도 뉴델라의 얼굴엔 변화가 없었다.

약간의 분노라도 생길 법한데 그저 무심했다.

그런 모습에 첸드리아는 더욱 더 그를 비웃었다.
'한심한. 이젠 정말 우리 제국의 하수인이군.'
경멸 어린 눈빛을 받으면서 삼왕자는 준비된 단상 위에 올라갔다.
삼왕자가 단상 위에 올라서자 준비하고 있던 마법사가 음성증폭 마법을 사용했다.
단상위에 올라선 삼왕자는 한 번 스윽 병사들을 바라보았다.
단상 앞으로 13만의 병력이 배치되어 있는 모습은 그야말로 장관이었다.
삼왕자의 시선이 이어 그런 13만의 병력을 마치 포위하듯 밖으로 서 있는 병사들에게 닿았다.
그들은 말을 타고 있는 기병대와 기사단이 대부분이었고 중장보병들이 다수였다.
순수한 제국인들로만 구성된 제국 정예병들이다.
바로 눈앞에 있는 13만의 병사들은 로스트인이었다.
한 차례 깊게 심호흡한 삼왕자가 이내 크게 소리쳤다.
"병사들이여!"
"……."
단상위에 올라설 때부터 이미 시선은 집중되어 있었다.
"나는 로스트 왕가의 삼왕자 뉴델라 로스트다!"
"……!"

"뭐?"

"왕… 왕자님이라고?"

"삼왕자님이라니……."

병사들 사이에서 소란이 일었다.

삼왕자가 정체를 밝히자 병사들의 얼굴에는 큰 충격이 여실히 드러났다.

세상에 제국진영 한복판에서 왜 삼왕자가 나타난단 말인가?

"그렇다. 나는 무너진 로스트의 삼왕자다. 하지만 이제는 아니다!"

"…도대체 무슨 소리야?"

"정말 삼왕자 님인가?"

삼왕자는 잠시 뜸을 들이더니, 이내 두 주먹을 꽉 쥐며 외쳤다.

"난 이제부터 뉴델라 로스트가 아닌, 뉴델라 네르친스크다!"

"……!"

아무리 무지렁이라도 네르친스크라는 성씨를 모를까.

제국 황실의 성씨가 네르친스크가 아닌가?

병사들은 도대체 이게 무슨 상황인지 갈피를 잡지 못했다.

"난 로스트란 성씨를 버렸다. 그대들은 더 이상 로스트인이 아니다. 너희들은 위대한 제국의 신민이다. 위대하신 황제 폐하의 성은을 입은 신민들이다.”

“…….”

뉴델라의 그런 발언에 반발하는 병사들은 없었다. 병사들은 무언가 홀린 것처럼 삼왕자의 이야기를 귀를 기울였다.

“더럽고 탐욕스런 로스트의 귀족들로부터 구제해준 이가 누군가! 제국의 황제 폐하가 아니던가!”

병사들의 반응은 정말로 이상했다.

아무리 제국에 의해 친제국파가 된 병사들이 많다고 하더라도 저런 발언이라면 누구라도 반발을 할 법했다. 차마 드러내지는 못하더라도 분노할 법했다.

그런데 그런 병사들이 단 하나도 없었다.

아니, 오히려 무언가 끓어오르는 듯 두 주먹을 꽉 쥐며 눈을 불태우는 병사들도 있었다.

그러한 반응에 첸드리아의 부관이 고개를 갸웃했다.

“병사들의 반응이 이상한데요?”

“하하하하. 뭐가 이상한가. 애초에 이것을 노리고 삼왕자를 데리고 온 거야.”

“하지만… 아무리 그래도 어느 정도 반발을 해야 정상이 아닙니까?”

“그거야 우리가 저런 말을 했을 때지. 하지만 지금 연설을 하는 건 다름 아닌 자기네 조국의 삼왕자야. 왕권이 존재하는 국가에 왕자를 백성들이 어찌 여기겠는가. 그런 삼왕자가 스스로 네르친스크의 성씨를 받아들였다면서 옹호하는데 저리 반응할 법도 하지. 제국이지 않은가? 으하하하. 저런 무지몽매한 2등 신민들 같으니라고…….”

첸드리아는 정말 기꺼운지 껄껄 웃었다. 부관은 그럼에도 쉬이 이해가 되지 않는 듯 고개를 갸웃했다. 얼핏 들으면 그럴 수도 있지만… 글쎄. 정말 그럴까?

‘이상해. 제국인으로 구성된 병사하고 차별을 해서 지금까지 불만이 폭발 직전까지 갔던 병사들이… 저런 반응을 보인다고? 정말 아닌데.’

하나 눈에 보이는 장면이니 믿지 않을 도리가 없다.

무언가 께름칙하고 불안했지만, 삼왕자의 제국을 찬양하는 연설에 오히려 환호하고 좋아하는 병사들의 모습을 보니 자신이 너무 예민하게 반응했나 싶었다.

결국 부관은 더 이상의 의심을 접었다.

그런데 아무도 보지 못했던 것이 있다.

바로 삼왕자의 입모양이었다.

부관과 첸드리아에게 들리는 말은 분명 제국을 찬양하고 있었다.

그러나 삼왕자의 입모양은 나오는 말과는 전혀 달랐다.

세상에, 그럴 수가 있는가?

들려오는 말과 입모양이 일치하지 않다니!

하지만 그것을 발견한 사람은 단 아무도 없었다.

그런 사실은 오로지 삼왕자, 본인만 알고 있었을 뿐이었다.

*　　　*　　　*

“어휴. 힘들다.”

마법 통신이 끝나자 엘리사는 그대로 탁자에 엎드렸다.

“고맙습니다.”

“아. 네네. 알겠어요.”

고맙다는 인사에도 엘리사는 마음에 차지 않은지 퉁명스럽게 답할 뿐이었다.

자신은 해준 것이 없지만 엘리사는 비첼에게 많은 도움을 주었다.

마법 통신부터 삼왕자까지.

모든 게 엘리사의 마법이 없었으면 불가능한 일들 투성이었다.

괴팍하고 자존감이 높은 마법사의 도움을 얻기란 어려운 일이다. 그것을 생각해 보면 엘리사의 아낌없는 도움은 분명 특이한 것들이었다.

그랬기에 비첼은 더욱 감사할 마음을 품을 수밖에 없었다.

“아, 그리고 언제까지 존댓말 할 거예요?”

“예?”

“얼굴 본지 좀 됐는데. 말 편히 해요. 아니, 난 편히 할래.

그래도 되지?"

"……."

승낙도 안했는데 다짜고짜 말을 놓는다. 비첼은 쓰게 웃었다. 엘리사는 마법사의 신분이었기에 비첼은 애초에 함부로 할 수 없었다. 그래서 말을 할 때 불편한 점이 있었는데, 편히 하자고 하면 오히려 비첼의 입장에선 더 편했다.

비첼이 선선히 고개를 끄덕였다.

"그래, 그렇게 하지."

"근데 말이야."

"응?"

"그 여자… 친해 보이던데."

"누구? 아, 유니아스 님."

"부흥군에서 제법 높은 사람인가 봐?"

언제 피곤했냐는 듯 엘리사의 눈동자는 호기심으로 반짝였다. 비첼은 별생각 없이 고개를 끄덕였다.

"사실상 현재 부흥군을 이끌어가는 분이시다."

"우와. 대단하네. 여자가 말이야."

"그래. 그래서 별명이 철의 여인이지."

"철의 여인? 히야. 정말 대단한 여걸인가 봐."

비첼은 씩 웃으며 고개를 끄덕였다. 가만 생각해 보면 여자의 몸으로 부흥군이란 단체를 이끄는 유니아스는 분명 대단했다.

비록 그녀를 도와주는 비첼을 비롯해 여러 사람들이 있다지만 애초에 대단한 사람이었다.

비첼이 씩 웃자 그를 바라보던 엘리사의 눈이 가늘어졌다. 게슴츠레한 시선에 비첼이 살짝 미간을 찌푸렸다.

"왜 그렇게 봐?"

"무슨 사이야?"

"뭐?"

엘리사의 질문이 이해가 쉽사리 되지 않아 비첼이 반문했다.

"무슨 사이냐니까? 혹시 연인?"

"……."

비첼은 대답하지 않고 피식 웃었다.

"연인으로 보이던가?"

"음… 글쎄."

오히려 비첼이 반문하자 엘리사는 멋쩍은 미소를 지으며 머리를 긁었다.

처음 유니아스가 눈물을 글썽이고 반가워할 땐 엘리사는 진짜 연인인줄 알았다.

그때 엘리사는 마음속에 이상한 감정이 싹트는 걸 느꼈다.

그것이 '질투' 였음을 평생 마법 연구만 한 엘리사는 몰랐다.

그다음에 유니아스가 냉정한 모습을 보이며 해후를 나중

에 하고 본론만 이야기하자고 할땐, 상관과 아랫사람의 대화 같았다. 그때 엘리사는 미묘한 감정을 느꼈다.

'음, 기쁨?'

굳이 따지자면 그러한 감정이었다.

기쁨, 또는 다행이라는 감정. 어째서 그런 마음이 들었는지 모르겠지만 이상하게도 그랬다.

"연인은 아니다. 함께한 시간이 제법 오래지나 서로를 신뢰할 수 있는 사이이고, 함께 거사를 이루기 위해 노력하는 사이일 뿐."

비첼이 정확하게 선을 그었다.

한때나마 유니아스를 연모했던 감정이 없던 것은 아니었다.

카이로에서 부상자들을 직접 위무했던 유니아스의 모습에 어린 소년의 마음이 흔들렸었다.

그러나 그것은 과거였고 지금의 비첼과 유니아스는 거사를 앞둔 동료로서의 의미가 더욱 컸다. 적어도 비첼은 그렇게 여기고 있었다.

비첼이 그렇게 선을 긋자 엘리사는 알겠다는 듯 고개를 끄덕였다.

그런 엘리사의 표정에 알 듯 모를 듯한 미묘한 감정이 스쳐 지나갔다.

"후. 덥군."

덜컥.

그때 방문을 열고 노카일과 코아락이 들어왔다. 둘은 지금까지 무슨 일을 했는지 온몸이 땀으로 푹 젖어 있었다. 그들이 들어오자 방 안에 땀내가 확 풍겼다.

"읔! 땀 냄새! 좀 씻고 다니세요!"

엘리사가 코를 틀어막으며 소리쳤다.

"어이구. 미안하네. 방금까지 일을 하고 왔더니……."

"허, 이 마법사 양반은 또 왜 여기 있는 거야?"

"마법 통신 때문에."

비첼이 짤막하게 대답했다. 그런 비첼을 게슴츠레한 시선으로 바라보던 노카일은 품에서 맥주를 꺼내더니 벌컥 들이마셨다.

"일은?"

"다 끝냈다. 병사들을 배치시키고 각자 역할도 확실히 해놨어. 함정도 다시 한 번 살폈고."

"여기 사령관하고 기사들이 직접 발로 뛰며 확인하고 있으니 걱정 말게. 내일 전투가 벌어지면 우리가 준비한 것들이 확실히 모습을 드러낼 것이네."

노카일과 코아락은 지금까지 밖에서 시가전을 앞두고 마지막 확인 절차를 마치고 온 상태였다.

완벽하다 싶을 정도로 비첼은 이번 시가전에 집착했다.

시가전이 계획대로만 이루어진다면 10만이 넘는 제국의

대군을 단숨에 몰살시킬 수 있다. 물론 그 와중에 연합이 입는 피해도 클 것이지만… 적어도 지금의 전황을 확실히 뒤집을 수 있었다.

"내일인가……."

비첼은 가슴이 뛰는 걸 느꼈다.

드디어 내일, 시가전에 돌입한다. 내일 적들이 진군해 오면 성벽을 버릴 것이다. 에페르넨이라는 거대한 도시 전체가 함정이 되는 것이다.

마치 사막의 개미지옥처럼.

제국의 병사들을 개미처럼 집어삼키리라.

비첼의 눈동자에 살기가 어렸다.

* * *

뿌우우우!

이른 아침을 깨우는 진군의 나팔이 울렸다.

"전군, 진군하라!"

동이 트기 무섭게 16만의 대군이 움직였다.

한눈으로도 들어오지 않는 엄청난 숫자가 일시에 움직이는 모습은 장관이었다.

평생을 살면서도 한 번 보기 어려운 광경이었다.

둥! 둥! 둥!

진군을 독려하는 북소리가 길고 장엄하게 울려 퍼졌다.
제일 맨 앞에는 로스트인들로만 구성된 병력이 칼과 방패만 들고 앞으로 달려갔다.
이번에는 전과 달랐다.
저번에는 1만 또는 2만씩 병력을 나누어 들이닥쳤지만 이번에는 16만의 대군이 동시에 진군하고 있었다.
여기서 아예 성벽을 반드시 넘겠다는 의지였다.
"곧 적들의 사정거리 안에 들어갑니다. 모두들 돌격할 준비시키겠습니다."
"음, 그래."
제국의 불의 보급은 잘 이루어졌다. 그러나 트레뷰셋을 비롯한 공성병기는 대부분 파괴되어 사용할 수 없었다. 그래서 충차나 사다리 같은 기본적인 공성병기밖에 없었다.
그래도 첸드리아는 걱정하지 않았다.
여기서 몇 만이나 되는 병사가 죽어나가도 상관이 없다.
어찌됐든 성벽만 넘으면 되는 일이다. 제국의 정예병이 아닌 오합지졸인 로스트 병사들이 아무리 많이 죽어봤자 상관이 없는 일이었으니까.
"돌격하라―!"
"돌격!"
맨 앞에서 진군을 독려하던 지휘관들의 외침과 동시에 깃발이 거세게 휘날렸다.

그러자 병사들이 와하는 함성을 터뜨리며 달려갔다.

그들의 뒤를 말 탄 독전대 기사들이 거세게 좇았다.

"음? 이상한데?"

그런 모습을 뒤에서 지켜보던 첸드리아는 의문이 들었다.

병사들이 충분히 성벽 가까이 접근했음에도 화살 하나 날아오지 않았던 것이다.

이내 그 이유가 밝혀졌다.

"성벽 위에 아무도 없습니다!"

"성문을 지키는 적병이 보이지가 않습니다!"

"뭐라?"

첸드리아가 깜짝 놀라 성벽 위를 바라보았다.

과연 보고처럼 성벽 위를 지키는 적병은 하나도 보이지 않았다.

"성문이 열렸습니다!"

"아무런 반항이 없습니다!"

심지어는 성문마저 열렸다.

첸드리아는 허탈한 심정마저 들었다. 나름 각오를 다지고 모든 병력을 진군시켰는데…….

"이놈들이 성을 버리고 도망간 것인가?"

"그런 것 같습니다. 지금 성안으로 들어갔음에도 적병은 보이지 않는다고 합니다. 급하게 도망간 흔적들은 남아 있습니다."

"음. 일단 성안으로 들어가지."

"알겠습니다."

뿌우우우.

첸드리아의 명령에 나팔이 다시 울렸다. 그러자 북소리와 함께 진군 신호를 알리는 깃발이 나부꼈다. 16만의 대군이 에페르넨으로 천천히 들어가기 시작했다.

첸드리아를 비롯해 제국의 3만 정예는 행렬의 맨 끝에 있었다.

첸드리아가 성문 안으로 들어서자 이미 맨 앞에서 진군했던 로스트 병사 13만은 대부분 들어와 전열을 정비한 상태였다. 예상외로 깔끔하게 전열을 정비하고 대기하고 있는 모습에 첸드리아의 눈에 이채가 서렸다.

이어 그의 시선이 저 멀리 말을 타고 병사들 사이를 오가는 삼왕자에게 닿았다.

"자기 백성이었다고 챙기는군."

"그래도 제법 능력이 있어 보입니다. 13만에 달하는 대군이면 관리하기 힘든데 전열을 유지하는 것만 해도 대단한 거 아닙니까."

부관의 말에 첸드리아는 미미하게 고개를 끄덕였다. 확실히 성 안으로 들어온 이상 넓은 대로와 좁은 도로 사이에서 제법 균형있게 전열을 유지한 것은 좋은 능력이었다. 첸드리아는 인정하기 싫었지만 어쩔 수 없었다.

"하여튼 다 도망간 것인가?"

"지금 병사를 보내 확인해 보니 적병의 모습은 보이지 않고 집에 숨어 있던 시민들만 확인됐습니다. 캐보니 새벽에 수뇌부들을 비롯해 병력들이 몰래 빠져나갔다고 합니다."

"그래? 시민들은 남겨놓고 말이지. 식량이나 비축품 상황은?"

"애초에 식량을 비롯한 군량품들은 떨어지고 있었던 것 같습니다. 남아 있긴 하지만 그 양이 매우 적습니다."

"하긴, 우리가 보급을 철저하게 끊어놨으니……."

첸드리아가 고개를 끄덕였다. 그때 도시를 살피려 깊숙이 들어갔던 정찰병이 급히 달려왔다.

"지금 서문 반대편 쪽에 도망치고 있는 적병이 포착됐습니다."

"그런가?"

"숫자를 정확히 추측할 수는 없지만 먼지구름을 보아 상당합니다. 지금 제 5기병대가 추적하고 있습니다."

"그럼 우리도 쫓아야겠지. 자고로 도망치는 적들만큼 손쉬운 상대가 없는 법이니까. 부관, 기병대와 기사단을 준비시키게."

"알겠습니다."

부관은 명령을 받고 곧바로 성문 쪽으로 달려갔다. 앞서 들어간 13만 로스트 병사들이 더 깊숙이 들어가지 않아 제국 3

만 정예병이 들어올 공간이 부족해 성문 쪽에 머무르고 있는 병사가 대략 오천이 되었다.

그 오천 대부분이 기사나 기병들이었다.

부관이 달려가는 모습을 보며 첸드리아는 스윽 몸을 풀었다.

그는 기사였고 또 전술 교육을 받은 장교 출신이기도 했다. 전술을 지휘하는 지휘관으로서 그의 재능은 충분했다. 첸드리아는 오랜만에 기사단의 선두에 서서 차지를 하고 싶은 욕구가 불현듯 들었다.

젊은 날의 그때처럼 말이다.

웅웅웅웅.

그때였다.

저도 모르게 과거를 회상하던 도중 첸드리아의 예민한 감각에 미세한 마나 공명이 느껴졌다.

"……!"

첸드리아가 화들짝 놀라 고개를 번쩍 들었다.

그는 곧바로 제국군 마법병단을 바라보았다. 스무 명의 마법사들은 아무런 마법을 사용하지 않고 가만히 있었다. 그들 중 몇몇이 이상한 것을 느꼈는지 첸드리아처럼 고개를 들고 황급히 주위를 살피고 있었다.

보통 다른 사람이 사용하는 마법의 마나 공명은 쉬이 느끼기 어렵다.

첸드리아나 뛰어난 마법사처럼 마나에 예민한 사람들만 미세하게 느낄 수가 있다.

웅웅웅웅!

"대체 무슨!"

마나 공명이 더욱 더 커져갔다.

마나에 예민하지 않은 초급 기사들이나 말단의 마법사들도 느낄 정도로 마나 공명은 강력해졌다.

"마법입니다!"

마법병단의 누군가가 외쳤다.

"어디, 어디인가! 어디냐 말이다!"

갑작스런 상황에 당황한 첸드리아가 바락바락 소리 질렀다. 마나 공명이 너무나 강렬해서 오히려 정확한 위치를 알 수가 없었다.

그때 마법사가 비명을 지르듯 소리쳤다.

"성문, 성문입니다!"

"뭐라……!"

첸드리아의 몸이 충격으로 부르르 떨렸다. 그의 시선이 성문에 닿았다.

방금 전 그의 부관이 성문으로 향하지 않았던가!

성문에 있는 기사단과 기병대를 집결시키려 말이다.

웅웅웅!

"폭발 마법입니다."

"익스플로전입니다. 모두 대피해야 합니다!"

마법사들의 비명이 연이어 울렸다.

광범위 폭발마법인 익스플로전이라는 경고에 첸드리아의 눈동자가 뒤집어졌다.

"설마… 설마!"

첸드리아가 무얼 하기에는 이미 너무나 늦었다. 강렬해진 마나 공명은 그 끝을 향해 달렸고 보이지 않는 거센 기류가 성문을 주위로 휘몰아쳤다.

그 위로 타오를 듯한 뜨거운 열기가 이글거렸다.

성문에 있던 기사단과 기병대는 그제야 상황을 파악하고 급히 빠져나오려 했다.

그것이… 첸드리아가 본 최후였다.

쿠콰콰콰콰!

콰아아앙!

우레와 같은 폭음이 미친 듯이 울렸다. 거대한 화마(火魔)가 성문을 뒤덮었다.

붉다 못해 파란 불꽃이 마치 악마의 혓바닥처럼 성문을 뒤집어삼켰다.

우르르르!

거센 폭발에 지금껏 버텨온 성벽이 박살이 난 채로 무너져 내렸다.

"으아아아!"

지켜보던 첸드리아가 괴성을 내질렀다. 핏발 선 두 눈동자에서 피눈물이 흘러내렸다.

거대한 화마가 뒤덮은 성문은 그야말로 지옥도를 연상시켰다.

성벽을 이룬 돌들은 단숨에 돌무덤이 되고 말았다. 무너진 성벽 아래 깔린 병력들의 숫자는 어림잡아도 삼천이 넘어보였다. 그들은 대부분 제국 정예병 중에서도 핵심인 기사단과 기병대였다. 더구나 첸드리아가 늘 함께했던 부관도 거기 있지 않은가!

"아아… 아아!"

흡사 이성을 잃은 듯 울부짖는 첸드리아의 모습에서 그의 충격이 얼마나 큰지 짐작할 수 있었다.

거대한 무덤이 되어버린 성벽.

흉물스럽게 무너진 성벽은 마치 살아 나갈 수 없다는 것을 말해주는 듯했다.

"함정인가? 아니… 그래 시가전인가? 으하하……!"

충격이 너무 심하면 이성을 붙잡기란 어려운 법이다.

첸드리아는 입술을 깨물며 말을 돌렸다. 성문을 무너뜨려 들어왔던 입구로 나갈 수 없다.

이건 에페르넨이라는 거대한 함정에 빠진 것이다. 시가전이라는 생각에 첸드리아는 검을 꺼내들었다.

"전군! 같잖은 계책으로 아군을 함정에 빠뜨린 적병들이

이 도시 안에 숨어 있다! 그들이 아무리 함정을 파놓았다고 해도 숫자에서 차이가 세배가 난다. 닥치는 대로 부수고 죽여라! 불태우고 모든 걸 박살 내버려라! 살아 있는 건 모조리 죽여라!"

분노에 찬 지휘관의 외침.

그런데… 이상했다.

"……?"

첸드리아는 그제야 분위기가 이상하다는 걸 느꼈다. '와' 하고 반응하는 병사들은 분노에 찬 제국 정예병들만 그랬다. 나머지 13만의 로스트 병사들은 마치 강 건너 불구경하듯 아무런 반응이 없었다.

"……."

꿀꺽.

첸드리아는 저도 모르게 마른침을 삼켰다.

느낌이 싸했다.

불길하기 짝이 없는 기운이 스멀스멀 밀려왔다.

첸드리아의 시선이 로스트 병사들에게 달했다.

무표정, 통쾌, 분노, 환희, 기쁨… 그리고 싸늘하기까지 한 미소!

"뉴델라아아아!"

불길한 느낌의 실체가 무엇인지 점점 뚜렷해졌다.

그의 시선이 싸늘한 미소를 짓고 있는 뉴델라에게 닿았다.

뉴델라의 눈빛과 첸드리아의 눈빛이 허공에서 부딪쳤다.

"모두 검을 들어라!"

뉴델라의 외침.

그리고 검을 똑바로 세우며 제국 정예병들에게 겨누는 13만의 병사들……!

"어디… 어디서 칼을 거꾸로 드는 것이냐! 뉴델라!"

칼을 거꾸로 들었다.

한낱 희생양에 불과했다고 여겨진 13만의 로스트 병사가 칼을 거꾸로 들고 겨누었다.

그 순간, 뉴델라의 입가에 지어진 미소가 더욱 더 진해졌다.

"죽여라! 참아왔던 한을 표출하라!"

"와아아아아!"

뉴델라의 명령이 떨어지고, 13만의 병사들이 칼을 거꾸로 들었다.

남겨진 2만 7천의 제국 병사들은 13만에 달하는 아군을 잃었고 그리고 13만의 적군을 새로이 만들었다. 퇴로는 막혔고 그들이 갈 곳은 오직 한곳이었다.

"뉴델라아아아!"

지옥으로 가기 전 첸드리아의 마지막 비명이었다.

Chapter 08
북방에서 남녘까지

영웅병사

대륙이 충격에 휩싸였다. 어느 날 대륙을 질타한 한 가지 소식으로 세상이 들끓었다.

남부 도시 국가 연합을 치기 위해 떠났던 1차 원정군 10만을 비롯해 후에 증원된 2차 원정군 10만, 총 20만의 대병력이 일제히 증발했다.

궤멸(潰滅)!

불패의 신화를 자랑하던 제국군의 대패에 세상이 아연해했다.

비록 로스트 병사로 구성된 병력이 대부분이었지만 패배란 소식에 제국의 황제도, 귀족들도, 백성들도, 하층민들도 모두가 놀랐다.

그리고 그 이면을 깊게 파헤치면 더욱 놀라운 사실이 있었다.

13만 병사의 배신.

5년의 시간이 흐르며 로스트는 사실상 제국의 지방에 불과했다.

로스트인들이 아닌 외국의 사람들은 적어도 그렇게 여겼다. 로스트는 더 이상 나라가 아닌, 제국의 거대한 땅덩어리에 불과하다고 여겼다.

그런데 그런 로스트 병사들이 일제히 칼을 거꾸로 들었다.

그리고 그 중심에는 제국에 잡혀간 이후 행방이 묘연했던 로스트의 마지막 핏줄, 삼왕자가 있었다.

누구나 할 것 없이 이 이야기를 떠들었다.

수많은 루머와 이상한 괴소문들이 퍼지는 등 사회가 전반적으로 혼란스러워졌다.

홍수처럼 쏟아져 나오는 정보와 잘못된 정보 사이에서 백성들은 설왕설래했다.

그러나 모든 이들이 한 가지 사실만큼은 확실히 여겼다.

"대륙을 발아래 두었던 제국 중심의 역사가 바뀔 것이다!"

"공고했던 거대한 제국이 흔들리리라."

"로스트 부흥군은 단지 반군집단이 아니다!"

지각변동!

대륙은 큰 지각변동에 접어들게 되었다.

*　　*　　*

“왕이 될 것이다.”

“…….”

“그때 내가 그리 말했었지?”

“그렇습니다. 저하.”

비첼은 뉴델라 앞에서 고개를 조아렸다.

그때 막사 안에서 비첼의 말에 뉴델라는 억지로나마 두려움을 떨쳐냈다.

제국의 주구(走狗)가 될 것인가, 왕이 될 것인가 했던 비첼의 질문은 뉴델라의 정신을 뒤흔들 정도로 강렬한 한마디였다.

그때서야 뉴델라는 제국에 의해 죽어간 가족을 생각했고 로스트를 생각했다.

뉴델라는 왕이 되기로 결심했다.

그 이후의 일은 일사천리였다.

엘리사가 그 자리에서 급하게 만든 마법 아티팩트를 이용해서 연설을 속여 넘길 수 있었다. 간단한 환상 마법과 메시지 마법을 조합한 것이었는데 그것에 제국군들은 껌뻑 속아 넘어갔다. 그들에게 들렸던 제국 찬양과는 달리 뉴델라가 실제로 했던 연설은 칼을 거꾸로 들고 로스트를 수복하자는 얘기였다.

조국을 잃은 설움!

멸망한 나라의 백성으로 억지로 전쟁에 끌려온 그 설움을, 뉴델라는 다독여줬다.

나라의 어버이로서 다독였고 북돋아주었다. 그리고 제시했다. 조국을 되찾자고.

그리해서 13만의 로스트 병사가 칼을 거꾸로 들게 된 것이다.

비록 오합지졸에 불과하다지만 그 숫자는 만만치 않았다.

13만 병사가 일제히 배신하자 2만 7천의 제국 정예병들은 사력을 다해 싸워왔다. 그런 과정에서 로스트 병사 역시 심각한 피해를 입었지만 숫자에 당할 수는 없었다.

뿔뿔이 흩어지던 제국 정예병들은 시가전을 준비한 연합군에 무참하게 죽어나갔다.

그렇게 제국군의 궤멸이 이루어진 것이다.

그간의 과정을 떠올렸던 뉴델라는 비첼에게 말했다.

"그래. 이제 어떻게 할 속셈인가? 자네는 날 왕으로 만들어주겠다고 했다. 로스트를 부흥시키기 위한 수많은 병사와 백성들이 있다고 그랬다."

"그렇습니다. 로스트 북단 칼칼로를 중심으로 북방에서는 3만의 정예병이 이날을 위하여 끊임없이 훈련해 왔습니다."

칼칼로와 그 외 북방 영지들을 수복하면서 부흥군은 그곳의 장정들을 징집해 훈련시켰다. 야만의 숲에서 나오는 붉은 담비의 모피를 팔아 군자금을 마련했고 덕택에 3만의 정예병을 길러낼 수 있었다.

"3만이라……."

뉴델라가 눈을 감고 생각에 잠겼다.

비첼이 연이어 말했다.

"그 외 5천의 오함족 전사가 있습니다."

"오함족. 그래, 들었지. 오함족과 동맹을 맺었다고?"

"비록 그들이 야만족일지 모르나 제국과 함께 싸우는 동료가 될 수 있습니다. 그들의 능력이 이제 빛을 발할 것입니다."

비첼은 유니아스와 나누었던 대화를 떠올렸다. 수정구로 대화를 나누며 이미 모든 걸 말했었다. 삼왕자를 설득해 포섭했고 앞으로의 장대한 계획을. 모든 전황을 뒤집을 수 있는 엄청난 계획을…….

그 계획엔 야만의 숲을 평정하고 통일된 오함족의 힘이 반드시 필요했다.

제국군의 대패 소식이 전해진 지금쯤.

"지금쯤이면… 시작했을 것입니다. 이제 우리도 준비해야 합니다."

"무엇을?"

"군사를 이끌고, 로스트를 수복하기 위해… 진군을 해야지요. 우리는 남녘에서. 그리고 로스트에 주둔한 부흥군들은 북방에서부터."

"……!"

"저하, 아니 전하! 5년간의 치욕의 역사를 되갚아 줄때가 왔습니다."

"그래. 그렇다. 그렇고말고. 이젠 제국을 우리의 영토에서 몰아내야 한다."

뜨겁게 달아오르는 심장을 식히기 어려웠다. 뉴델라의 눈동자에서 그 어느 때보다 강렬한 빛이 쏟아졌다. 그런 뉴델라에게 비첼이 한마디를 덧붙였다.

"작전, 북방에서 남녘까지. 이제 시작되었습니다."

* * *

북방에서 남녘까지!

이번 작전의 이름이었다.

유니아스는 비첼로부터 이미 모든 걸 전해 들었고 어떻게 일을 진행시킬 것인가의 계획까지 들었다.

"제국군이 패배해 궤멸당했다고 합니다!"

"삼왕자 저하가 등장하셨습니다!"

"도시 국가 연합이 대승을 거두었습니다!"

자리에 앉은 유니아스에게 정보원들이 전해주는 정보들이 속속 전해져 왔다.

그제야 유니아스는 자리에서 벌떡 일어섰다.

"이제 시간이 됐네요."

유니아스의 목소리는 결연하기 짝이 없었다.

비첼과의 통신을 끝내고 지금 이 순간만을 기다려왔다. 아니, 5년이라는 시간을 기다려왔다. 오로지 지금을 위해서.

"시작해요. 작전명 북방에서 남녘까지."

"알겠습니다."

로만스터가 허리를 숙이고 밖으로 튀어나갔다. 유니아스는 주먹을 꽉 쥐며 창문 밖을 바라보았다. 번쩍이는 창칼을 높이 들고 있는 3만의 정예병들이 그녀의 시야 안에 들어왔다.

숨겨왔던 병력들.

이젠 숨길 필요가 없다. 지금 제국군을 향해 전진하리라.

* * *

시시각각으로 전해져오는 정보에 늘 여유로웠던 안드레이 류블로프는 분노했다.

"대체 이게 무슨 소리야!"

"…삼왕자가 배신했다고 합니다."

"그게 무슨 개소리란 말이다. 삼왕자가 어찌 배신을 해! 이미 세뇌 마법에 걸려 있지 않나? 아니 세뇌 마법이 풀린다고 해도 놈은 겁쟁이야. 이미 정신이 피폐해진 놈이라고. 제국의 붉은 그림자만 봐도 몸을 덜덜 떠는 놈이 어찌 그런 결단을 내린단 말인가!"

쾅!

류블로프가 분노를 참지 못하고 탁자를 내리쳤다.

충격을 이겨내지 못한 탁자는 완전히 박살났다. 그럼에도 분이 풀리지 않은지 류블로프의 눈동자는 시뻘겠다. 흰자에 시뻘건 핏줄이 불거져 나왔다.

평생을 살아오며 이토록 분노했던 적은 단 한번도 없다.

그가 계획한 것들은 그대로 이루어졌고, 중간에 변수가 생겨도 결국 결과는 의도한 대로 이루어졌다.

근데 지금만큼은 아니었다.

류블로프는 삼왕자를 직접 봤다.

고문과 협박, 위협 속에서 삼왕자의 정신은 완전히 무너졌고 제국을 극도로 두려워하게 됐다.

극에 달한 두려움은 가족을 잃은 분노와 복수심마저 심연 깊은 곳으로 억눌렀다.

적어도 류블로프가 보기엔 그랬다.

그 정도만 해도 충분했지만, 삼왕자를 충분히 이용하기 위해 세뇌 마법까지 걸었다. 한데 삼왕자가 배신을 해?

"그래, 배신은 그렇다 쳐. 까짓것 삼왕자의 신병이 부흥군에 넘어간 것 까지는 어떻게 괜찮다. 그러나 13만의 병사들은 어쩌란 말인가!"

그랬다. 그것이 문제였다.

13만의 군사는 제국으로서도 위협이 될 만한 대병력이었다.

로스트의 성인 장정 인구를 줄이기 위해 썼던 수가 오히려 부흥군에 13만이라는 병력을 그대로 갖다 바친 꼴이 아닌가?

지금 로스트에 주둔하고 있는 제국군은 대략 20만 명.

5만 명이 이번 도시 국가로의 원정에 참가했다가 궤멸당한 상태.

20만 명이라면 해볼 만하지만 문제는 로스트 전역에 뿔뿔이 흩어져 있는 상태였다.

그것도 1만, 2만씩 흩어진 게 아니었다.

각각 도시별로 2천에서 3천, 그나마 대도시나 총독부가 위치한 수도 같은 경우에만 만 단위일 뿐이다.

이래서는 아무리 정예병이더라도 각개격파 당할 수밖에 없다.

"대체 무엇이 잘못된 것인가. 대체!"

"총독 각하!"

"뭐냐, 또 뭐야!"

그때 방 안으로 또 다른 전령이 들이닥쳤다.

전령은 보고서를 활짝 펼치며 그것을 읽어나갔다.

원래는 보고서를 그대로 전해줘야 하지만 지금 류블로프의 상태로서는 냉정히 보고서를 읽을 수 없었기 때문이다.

"파우띠나의 보고입니다. 파우띠나의 추적 결과 죽은 것으로 알려졌던 비첼의 신병이 에페르넨에 닿아 있다고……"

"뭐라!"

훅!

비첼이란 단어가 튀어나오자 류블로프는 보고서를 빼앗았다.

그의 눈동자가 좌우로 빠르게 움직이며 보고서를 빠르게 훑어갔다.

이내 그의 입에서 허탈한 탄식이 터졌다.

"설마… 백색의 방에서 도망친 이놈이… 설마……."

너무 터무니없는 가정일지도 모른다.

하나 류블로프의 강한 직감은 그렇게 얘기하고 있었다.

유일하게 류블로프에게 한 방 제대로 먹여줬었던 비첼이다.

그런 비첼이 에페르넨에 있다는 점, 그리고 놀랍게도 그 순간에 삼왕자의 배신이 이루어졌고 13만의 대병력이 고스란히 그들에게 빼앗긴 결과를 보노라니 류블로프의 심정은 더없이 허탈해졌다.

"하……. 미꾸라지 한 마리가 물을 흐린다더니."

분노가 끝까지 달하면 오히려 허탈한 법이다. 머리를 휘휘 저은 류블로프는 의자에 털썩 주저앉았다. 이렇게 분노만 해서는 일이 풀리지 않는다.

무언가, 생각을 더 해야 했다.

좀 더 냉정히 말이다.

그렇게 마음먹자 류블로프는 놀라울 정도로 냉정해졌다. 방금 전까지 불같이 화를 냈던 그의 모습은 어디에도 없었다.

"그래, 침착하게 생각하자. 놈들은 그래 봤자 오합지졸일 뿐이다. 지금 당장 곳곳에 분산된 병력을 대도시를 기점으로 한데 모아라. 최소 3만의 병력씩 모여야 한다."

"알겠습니다."

"그리고 모든 정보력을 가동해 지금 상황이 돌아가는 것을 시시각각으로 보고하라."

"명을 받듭니다."

"또한 지금 시간을 기점으로 비상령을 선포한다. 저녁 6시 이후로 모든 통행을 금지하고 불시검문을 강화해라. 닥치는 대로 검문하고 의심이 드는 놈들은 닥치는 대로 잡아 감옥에 처넣어. 반항하는 자는 사살해도 좋다!"

류블로프도 강수를 뒀다.

총독부 아래에서 비수가 되어 돌아오고 있는 13만의 병사들도 문제지만 북방을 기점으로 형성된 부흥군 세력도 문제였다. 또한 로스트 전역 곳곳에 숨어든 부흥군이 지금 일제히 일어서면 큰일이었다.

"그리고 당장 모든 정보를 차단하라. 로스트를 통과하는 상단의 모든 상행을 막고 외부로의 출국도 막아라."

"알겠습니다."

그렇게 명령을 내린 류블로프는 그제야 침착을 되찾을 수 있었다.

로스트 전역에서 부흥군과 백성들이 일제히 들고 일어나면 그것이 가장 큰 문제였다.

아무리 주둔 병력이 많다고 한들 전역에서 들불처럼 번진다면 이겨낼 도리가 없다.

정보를 차단하면 삼왕자의 등장 소식은 좀 더 늦게 전해질 것이다.

더구나 도시 국가 연합에서 구심점이 된 삼왕자와는 달리 현재 로스트 내부에서 삼왕자만큼의 파급력을 지니고 구심점이 될 수 있는 인물은 없었다.

일시에 부흥군이 들고 일어서기엔 현재 부흥군의 인물들로는 모자랐다.

"철의 여인……. 너로는 무리다."

그간 철저한 조사결과 류블로프는 북방에서 부흥군을 이끄는 자가 과거 철의 여인으로 불렸던 유니아스임을 알았다.

그러나 유니아스는 로스트 전역에 있는 부흥군의 모든 힘을 끌어내기엔 명성도 부족했다. 역부족이었다.

"그래. 상황은 심각한 게 아냐."

냉정히 생각하고 점검하자 오히려 분노했던 자신이 쑥스러워졌다.

옛날 젊은 시절의 혈기를 아직도 잃지 않은 것 같아 그도 모르게 피식 웃음이 나왔다.

"총독 각하!"

그때였다.

다급한 표정의 전령이 밖에서부터 소리치며 방문을 열고 벌컥 들어왔다.

또 무슨 소식이기에 그런 것인가.

전령의 얼굴이 창백한 것으로 보아 류블로프는 또 하나 심상치 않은 일이 터졌음을 직감적으로 느꼈다.

"도대체 또 뭐냐!"

"이, 이걸 보십시오!"

전령은 꼬깃꼬깃 구겨진 종이를 류블로프에게 건넸다. 류블로프는 그것을 빼앗듯 잡아챈 뒤 종이에 적힌 글들을 읽었다.

"이, 이건……!"

류블로프의 눈동자가 찢어질 듯 커졌다.

깨어 있는 로스트 백성들에게 고하노니.

라는 문장으로 시작되는 그것은 격문이었다.

"이것이 지금 도시 곳곳에 뿌려지고 있습니다. 바닥에도 벽에도 없는 곳이 없습니다."

"이걸 뿌린 놈들을 당장 체포해! 어서!"

"아, 알겠습니다."

간신히 냉정을 되찾았던 류블로프가 끝내 폭발하고 말았다.

격문은 삼왕자가 돌아와 군사를 이끌고 오고 있으니 깨어 있는 백성들은 일제히 일어날 것을 강요하고 있었다. 모두 다 같이 일어서 제국에 맞서자고 주장하고 있었다.

호소력 짙은 문장과 가슴을 구구절절이 울리는 뜨거운 감정이 격문에 담겨 있었다.

엄청난 글이었다.

류블로프의 판단으로는 부흥이라는 목표로 서서히 타오르는 로스트에 기름을 들이붓는 그런 역할이 될 것 같았다.

류블로프의 시선이 격문 맨 아래에 적힌 문장에 닿았다.

모두가 일어나 로스트의 부흥을 되찾기를 바라며.
대학자 언트 헤밍.

"으아아! 헤밍, 언트 헤밍! 네놈이 언제 배신을……!"

로스트의 지성(至聖) 언트 헤밍.

삼왕자만큼의 파급력을 지닌 뛰어난 인물. 그가 격문을 뿌렸다.

그리고… 류블로프의 예상대로 로스트 전역에서 부흥의 불길이 거세게 타올랐다.

* * *

창문 밖으로 수많은 로스트의 백성들이 일제히 튀어나와 부흥을 외치는 모습이 보였다.

그런 모습을 지켜보던 미하일이 조용히 읊조리듯 말했다.

"때로는 창칼보단 펜이 강력한 법입니다. 언트 헤밍님."

"……."

새로이 조직된 남부 부흥군의 중심이 된 미하일이 고개를 돌렸다.

그곳에는 초로의 노신사가 있었다. 두 눈을 감고 좌정해 있는 노신사.

그는 로스트의 지성이라 일컬어지는 언트 헤밍이었다.

눈을 감고 입을 굳게 다물고 있는 그의 모습은 지난날의 과오를 참회하는 듯한 모습 같았다.

실제로 그랬다. 언트 헤밍은 그간의 친제국 행적을 부끄러워하고 수치스러워하며 눈물을 흘리며 참회하고 있었다.

"이랬다고 내 죄가 씻기는 것은 아닐세."

"그렇습니다. 그건 당연한 겁니다."

너무나 단호한 미하일의 말에 언트 헤밍은 차마 말을 잇지 못했다.

격문을 뿌려 로스트 백성들을 일제히 일어나게 할 수 있는 건 언트 헤밍뿐이었다.

그의 지식과 그동안 저술하면서 갖게 된 뛰어난 문장은 사람을 가슴을 울리는 힘이 있었다. 다만 그것을 지금까지 제국을 위해 사용했다는 것이 문제였다.

비첼로부터 '북방에서 남녘까지' 작전 계획을 받고 유니아스를 비롯한 부흥군 수뇌부들은 고심했다.

삼왕자와는 달리 지금 로스트 안에는 로스트 백성들이, 또는 숨어서 때를 기다리던 부흥군과 애국지사를 일제히 타오르게 할 구심점이 될 사람이 없었다.

그러던 도중에 딱 한 명을 떠올렸다.

바로 언트 헤밍이다.

로스트의 지성이라고 불릴 만큼 학식이 깊고 높았으며, 모든 로스트 백성들의 존경을 받는 그였다.

하나 그는 변절자였다.

그래도 부흥군 측에서는 시도를 해보았다. 과거 비첼이 전해준 변절자 명단을 받은 이후 전부터 꾸준히 추적을 했기에 언트 헤밍의 신병을 쉽게 확보할 수 있었다.

붙잡힌 언트 헤밍에게 말했다.

살기 위해 조국을 버릴 것인가 하는 질문을 하고 삼왕자의 생환을 알리자 언트 헤밍은 그간의 잘못을 용서를 빌고 이렇게 격문을 뿌리게 된 것이다.

그가 쓴 격문의 여파는 상상초월이었다.

로스트 전역이 들불처럼 타올랐고 들썩였다.

그것을 보면 언트 헤밍의 공은 엄청나다고 볼 수 있었다.

하지만… 그렇다고 용서가 되는 건 아니다.

그가 한 행적들은 절대로 용서할 수 없다.

"평생의 오점으로 남을 것입니다. 원래 당신이 변절했다는 것을 알았을 땐 우리는 무조건 당신을 죽이려고 했어요."

"…그래. 그렇겠군."

"하지만 일이 이렇게 됐으니 어쩔 순 없군요. 당신의 능력과 명성은 대단한 것이니까. 물론 이렇다고 당신의 죄는 절대로 용서되지 않습니다."

"그래… 그런가."

"예. 아무리 엄청난 공을 세웠다고 해도 당신이 쓴 제국을 찬양하던 글 같은 친제국 행적은 절대로 용서받을 수 없습니다. 당신이 창칼에 굴복했을 때, 굴복하지 않고 싸우며 죽어가던 민초들이 있는 한, 그들의 숭고한 희생이 있는 한 절대로 용서받을 수 없습니다. 다만… 그렇게 참회하십시오."

"그래… 그것만으로도 충분하네."

쓸쓸한 미소를 짓는 초로의 노인.

그는 용서받지 못할 것을 알면서도 격문을 뿌린 걸 후회하지 않았다.

그간 5년 동안 그의 가슴을 무겁게 짓누르던 납덩이가 사라지는 후련한 기분이었다.

그제야 그는 조금이나마 당당해질 수 있었다.

* * *

턱턱턱!

루딘은 심장이 터질 것 같아도 뛰는 걸 멈추지 않았다. 숨이 턱밑까지 차올라 당장에라도 주저앉고 싶지만 그럴 수 없었다. 알 수 없는 힘이 그를 뛰게 하고 있었다.

평생을 살면서 언제 이렇게 뛰어봤나 싶을 정도였다.

그의 손아귀에는 심하게 구겨진 종이 한 장이 쥐어져 있었다.

가문의 보물이라도 되는지 그것을 쥐고 절대 놓지 않았다.

그는 자신의 형제들이 있는 곳으로 달려갔다.

루딘의 형제는 무려 일곱 명이나 되었다.

비록 평범한 농부의 자식들이지만 일곱 형제들은 모두 다 뛰어났다. 셋째 형까지는 무술 실력이 뛰어나 과거에 제법 뛰어난 병사와 용병으로 활약했고, 나머지 형님들도 각각 학문을 비롯해 여러 분야에 재능이 있었다.

루딘은 막내였다.

그도 큰형님을 닮아 타고난 용력에 싸움을 곧잘 잘했다.

얼마나 달렸을까.

그들 형제가 농사를 짓는 좁은 땅이 보였고, 그 뒤로 작은 움막이 보였다.

아홉 형제가 노부모를 모시고 살기엔 턱없이 좁은 저곳이 바로 루딘의 집이었다.

"형님! 형님들! 어서 나와 보시오!"

"무슨 소란이냐."

루딘이 담벼락도 없는 집에 가까워지자 다짜고짜 외쳤다. 그러자 둘째 형님이 심드렁한 표정으로 밖으로 나왔다.

"이걸 보시오. 지금 도시는 난리가 났수. 완전 난리 통이라니까!"

루딘의 얼굴은 붉게 상기되어 있었다. 그러자 둘째가 미간을 찌푸렸다.

"이걸 보시오. 삼왕자 저하께서 군사들을 이끌고 오고 있다구만요!"

"……."

"아이 형님 반응이 왜 그렇소? 죽은 줄만 알았던 삼왕자 저하께서 친히 십만 대군을 이끌고 로스트를 되찾으려 달려오고 있답니다. 우리 이렇게 가만히 있어야겠소? 나 당장에라도 달려가 거 뭐시냐 부흥군이 될 생각이오!"

"……."

침이 튈 정도로 잔뜩 흥분한 루딘은 애국심 깊은 청년이었다.

그런데 둘째의 반응이 영 이상했다. 그는 피식 웃더니 방문을 열고 들어오라는 듯 손짓했다.

"뭐요, 왜 그렇수 형님?"

"이리 와봐 이 자식아."

루딘은 얼떨떨한 얼굴로 집에 가까이 갔다. 그리고 고개를 쭉 꺼내 방문을 들여다보았다. 방문을 들여다본 루딘의 얼굴에 당황스런 빛이 역력했다.

"아니 형님들……."

"왔느냐."

첫째가 무뚝뚝하게 반겼다.

루딘의 시야에 보이는 장면은 충분히 당황스러울 법했다. 세 명 눕기도 어려운 좁은 방이다. 그 방 안에서 루딘을 제외한 형제들이 빼곡히 들어가 있었다.

그들이 안에서 가만히 있었으면 당황하지 않았으리라.

형제들은 어디서 났는지 칼과 창을 갈고 있었다.

"…형님들, 뭐하는 거요."

"뭘 하긴 이 녀석아. 싸우러 나가지."

"싸우다니……."

"삼왕자 저하께서 오신다고 하지 않느냐? 거 뭐시냐. 부흥군이 되면 제국 놈들과 신나게 싸울 수 있다고 들었다. 당장 나가 싸워야지."

말이 많은 셋째가 설명해주자 루딘은 저도 모르게 크게 웃음을 터뜨렸다.

자신만 흥분한 것이 아니었다.

로스트 전역에 뿌려지는 격문에 흥분한건 자신뿐만 아니었다.

과연 형제였다.

어찌 생각이 이토록 같을 수가 있을까!

"뭐해. 막내 네놈도 빨리 준비하지 않고."

"으하하. 너무 기뻐서 그러오. 이제 우리도 나라 잃은 백성의 설움을 떨쳐낼 수 있는 거 아니요!"

"자식. 시끄럽고 빨리 들어와!"

"알겠수다, 형님들!"

제국의 탄압이 심하고, 혼자였을 때는 더없이 약했던 민초들.

하나 민초들이 한마음, 한뜻으로 힘을 모을 땐 그보다 더 위협적인 것은 없었다.

이러한 장면들은 로스트 곳곳에서 비슷한 형태로 일어나고 있었다.

Chapter 09
타오르는 불길

코호몽.

로만 왕국이 번성했을 당시에도 워낙 척박한 장소라 사람들이 찾지 않는 곳이었다.

제국에 의해 로만이 점령당한 후에는 더더욱 사람이 찾지 않았다.

백색의 방을 오가는 제국 측 인사를 제외하고는.

그런 코호몽에 한 인영이 모습을 드러냈다.

저벅저벅.

복장행색으로 보아 결코 제국인으로 보이지 않는 20대의 청년.

그는 다름 아닌 비첼이었다.

도시 국가 연합에서 삼왕자 뉴델라 곁에 있던 비첼이 왜 갑자기 이곳에 나타난 것일까?

"후우. 여기쯤이었나."

비첼은 이마의 땀을 훔치며 주위를 둘러보았다.

코호몽은 수많은 계곡과 협곡으로 이루어진 척박하고도 험한 곳이었다. 그런 곳을 맨몸으로 움직이려니 천하의 비첼이라도 약간 지칠 수밖에 없었다.

한참을 찾고 찾아 비첼은 익숙한 광경에 멈춰 섰다.

"여기가 맞군."

폭풍이라도 지나간 것일까?

울창한 수풀림의 한쪽 길게 쫙 열려 있었다. 나무들이 전부 부러진 상태로 숲의 일부분이 망가져 있었다.

그런 광경을 바라보는 비첼의 눈빛이 싸늘해졌다.

바로 이곳이 백색의 방을 탈출하면서 수메리안에게 쫓겼던 장소였다.

절체절명의 위기까지 몰린 장소에 오자 감회가 새로웠다.

비첼은 여기서 있었던 전투를 다시 한 번 복기했다.

수메리안은 치가 떨리도록 강했다. 비첼이 어찌 해볼 방법이 없을 정도로. 절벽 아래로 뛰어내릴 정도로 너무나 강했던 상대가 수메리안이었다.

'다시 맞붙는다면?'

머릿속에 드는 가정.

그때는 체력이 지친 상태였다. 또한 수메리안의 압도적인 실력에 당황해 제대로 된 본 실력을 다 끌어내진 못했다. 하나… 지금 싸운다고 해서 결과가 달라질 것 같진 않았다.

“그래도, 한 방은 먹여줄 수 있다.”

그동안 비첼이라고 놀고먹지 않았다.

전쟁을 치루는 와중에도 틈틈이 수련을 계속했다. 이미지 트레이닝은 짧은 시간, 그리고 협소한 장소, 바쁜 스케줄 가운데서도 활용할 수 있는 최고의 수련법이었다.

그의 이미지 트레이닝에 나타나는 상대는 더 이상 골드락이 아닌 수메리안이었다.

트레이닝에서 수메리안을 상대로 최대한 길게 싸운 것이 100합을 나눈 것이다.

물론 결과는 비첼의 참담한 패배였다.

하나 그것만 해도 엄청난 성장이었다.

처음 트레이닝 때는 고작 서너 번의 공격에 패배했다. 100번이나 합을 나누었다는 사실은 비첼의 실력이 일취성장했음을 말해주는 것이다.

“후. 잡념은 그만 하고 움직여야지.”

비첼은 고개를 휘휘 저으며 잡념을 털어냈다.

지금 수메리안이 중요한 것이 아니었다. 비첼은 그가 도망쳐왔던 길을 되짚어 보며 올라갔다.

즉, 비첼의 걸음이 향하는 곳은 다름 아닌 백색의 방이었다.

비첼은 지금 백색의 방으로 가고자 했다.

도대체 무엇 때문에?

그것은 오로지 비첼만이 알았다.

얼마나 걸었을까.

의외로 시간이 많이 걸렸다. 그토록 짧은 시간에 비첼이 도망친 거리가 상당했던 것이다.

그런 사실에 비첼은 저도 모르게 쓰게 웃었다.

살고자하는 욕망에 비첼은 이 긴 거리를 단시간 내에 돌파했었다. 그것도 나무와 허리까지 자라는 수풀 사이를.

한참을 걸어 나간 비첼의 눈에 익은 동굴이 보였다.

자연적인 동굴이었지만 그 내부는 지극히 인위적인 장소.

백색의 방이었다.

동굴 앞에는 두 명의 경비가 서고 있었다.

비첼은 수풀 사이에 몸을 숙이고 기척을 죽였다.

스스로 존재감을 지우는 그만의 특기가 여지없이 발휘되자 경비들은 전혀 알아차리지 못했다.

고작 경비라지만 비첼은 절대로 방심하지 않았다.

백색의 방에 있던 경비들은 모두 마나를 다룰 수 있는 기사급 무인들이었음을 다시 한 번 주지시켰다.

그는 허리춤에서 핸드 액스를 꺼냈다.

허리춤에 있는 핸드 액스는 세 자루.

두 자루를 꺼내 양손에 각각 쥔 비첼은 눈을 빛냈다. 경비들은 아무도 없는 이런 적막한 장소가 지루한지 연신 하품을 하고 있었다. 해이해질 정도로 해이해진 모습.

비첼의 몸이 조금씩 움직였다

스스스스.

사실 거리는 상당히 멀리 떨어져 있었다. 화살이 아니면 닿기 어려운 거리를 힘으로만 도끼를 투척해서 맞춘다는 얘기는 어불성설이다.

하지만 그것은 일반인들의 범주에서나 그렇다.

비첼은 비기를 꺼내들었다.

희미한 안개가 팔뚝부터 손목, 그리고 손끝까지 둘러졌다

'지금!'

비첼의 눈에 빈틈이 보였다.

그 순간 들고 있던 핸드 액스가 벼락처럼 허공을 갈랐다.

양손을 이용해 동시에 던졌음에도 그 파괴력은 전혀 줄지 않았고 정확했다.

콰득!

카가가강!

하나는 정확하게 경비의 머리를 박살 내버렸다. 두개골이 박살 나는 섬뜩한 소리가 생생했다.

그러나 다른 하나는 경비의 놀라울 정도로 빠른 반응에 막

혔다.

"습격이다!"

간신히 핸드 액스를 쳐낸 경비가 급하게 외쳤지만 더 이상 소리를 지를 순 없었다.

후앙!

"으윽!"

도끼를 던지자마자 땅을 박차고 달려온 비첼이 도끼를 휘둘러갔다.

카가가강!

불꽃이 튀었다.

"누구냐!"

"……."

비첼은 묵묵히 도끼를 휘둘러갔다.

도끼와 칼날이 부딪칠 때마다 불꽃이 튀었고 경비의 몸은 크게 움찔거렸다.

도끼에 담긴 파괴력이 상상을 초월했기 때문이다.

'대체 어디서 이런 놈이……!'

비첼의 탈출 이후에 새로이 백색의 방에 배치된 경비였기에 비첼을 알아보지 못했다.

그저 그 놀라운 시력에 경악할 뿐!

경비는 할 수 없이 마나를 힘껏 끌어올렸다.

마나를 유형화할 실력은 아니지만 그대로 검에 마나를 담을 수는 있는 실력이었다.

스스스스!

부르르!

마나가 충만해지자 검끝이 크게 떨렸다.

"이제 제대로 해주마!"

의기양양해진 경비가 검을 쭉 뻗어왔다.

마나의 힘 때문인지 이전보다 더욱 빠르고 강력했다.

그러나 상대해주는 비첼의 얼굴은 싸늘했다.

"늘 똑같은 패턴이지."

"…뭐?"

"그만."

뜻 모를 짤막한 대답.

그리고 그때 쭉 뻗어진 검이 도끼와 부딪쳤다.

"읍!"

검신을 타고 충격이 손목, 팔뚝, 어깨, 그리고 머리까지 전해졌다.

강한 반탄력에 경비의 몸이 크게 떨렸다.

"마, 맙소사!"

그리고 이어진 경악!

마나를 담아 그 무엇보다도 단단해진 검이 완전히 부서졌다. 경악은 길지 않았다. 검이 부서진 순간 비첼의 도끼가 경비의 머리를 쪼개버렸으니까.

푸악.

“…….”

단숨에 기사급 실력자 둘을 해치운 비첼은 쉬지 않고 안으로 뛰어 들어갔다.

“웬 놈이냐!”

안으로 들어서자 네 명이 있었다. 과거에는 총 일곱 명이 있었다.

그런데 밖에서 죽은 두 명을 합쳐도 여섯.

‘숫자가 줄었나?’

그러나 고민은 길지 않았다.

여섯이건 일곱이건 비첼의 앞을 가로막을 수 없다는 건 확실했다.

비첼의 도끼가 파공성을 내며 맨 앞에 있던 사내에게 떨어졌다.

강렬한 기파에 사내는 검을 꺼내 휘두르기 보단 몸을 굴려 공격을 피해냈다.

간신히 피해냈지만 이어진 공격은 피해낼 수 없었다.

콰직!

브로드 액스는 놈의 머리를 단숨에 박살냈다.

수박이 깨지듯 좌우로 쫙 갈라진 시신에서 지독한 피비린내가 확 풍겼다.

“저놈은……!”

"맞아. 저번에 도망친 그 새끼!"

"놈은 강하다! 한꺼번에 덮쳐!"

단숨에 한 명이 죽어버리자 누군가 비첼을 알아봤다.

세 명은 비첼을 중심으로 진을 펼쳤다. 비첼도 눈에 익은 세명을 보고 살기를 품었다.

저번에는 살기 위해 도망쳤다.

그래서 싸우지 않고 피했다. 하나 지금은 아니다. 비첼로서는 반드시 안으로 들어갈 이유가 있었다.

"합!"

세 명이 일제히 기합을 내지르며 검을 휘둘러왔다.

머리, 허리, 다리!

동시에 세 곳으로 쏘아지는 검격에 비첼은 꽁꽁 묶인 듯했다.

저번에도 한번 겪어본 합격술!

비첼이 호락호락 당할 리가 없었다.

바닥에 왼발로 굳건히 디뎠다. 그리고 비첼은 허리를 크게 틀며 그 자리에서 팽그르르 돌았다.

카가가강!

"흡!"

한차례 회전하며 도끼로 모든 검격을 일시에 쳐냈다. 쳐내자마자 비첼의 반격이 이어졌다. 그의 첫 공격 상대가 된 사람은 바로 옆에 있던 놈!

도끼가 횡으로 쫙 휘둘러졌다.

"읍!"

놈이 헛숨을 들이마시며 뒤로 황급히 물러났지만 쭉 뻗어진 비첼의 팔은 길었다.

푸악!

"……!"

"제론!"

도끼의 사정거리를 벗어나지 못하고 그대로 상체와 하체가 분리되어버렸다.

이제 남은 경비는 두 명!

비첼이 벼락처럼 쏘아졌다.

"온 힘을 다해 싸워!"

리더로 보이는 자가 소리쳤다. 그리고 그의 주위로 거센 기류가 휘몰아쳤다.

'제법!'

비첼의 눈에 이채가 서렸다.

그의 마나에 담기는 뜨거운 열기! 이글거리며 타오르는 마나가 유형화 되어 모습을 드러냈다.

검에 마나를 담는 수준을 넘어 형상시킬 수 있는 경지!

뛰어난 무인임을 알아본 비첼은 그를 먼저 죽이기로 결심했다.

결심은 순식간에 이루어졌고, 행동은 그보다 빨랐다.

도끼가 벼락처럼 쏟아졌다.

카카카캉!

"그래, 네놈이 맞구나. 마나를 분해시키는……."

상대가 이를 갈았다.

촌각의 시간에 마나와 비첼의 비기가 수도 없이 부딪쳤다. 유형화 된 마나는 비첼의 비기로도 단번에 깰 수는 없었다. 그러나 부딪치면 부딪칠수록, 강렬했던 마나가 눈에 띌 정도로 사그라진 걸 확인할 수 있었다.

'힘이 사라지는 것 같다…….'

상대하는 경비는 이를 악물었다.

몸에 있는 마나가 다 분해되는 그런 기분이었다.

그는 겁이 들었다.

문득 두려움이 치밀었다. 이러다가 모든 마나가 사라지는 건 아닐까 하는……. 피하고 싶었지만 그럴 수는 없었다. 비첼의 공격은 맹렬했고 틈을 주지 않았다.

그때 경비의 눈에 뒤에서 접근하는 동료의 모습이 보였다.

'지금!'

눈빛으로 말했다.

비첼의 등판이 그대로 드러난 순간, 뒤에 있던 동료가 검을 쭉 찔렀다.

'감수한다!'

비첼도 그 기척을 느끼지 못할 리가 없었다. 그는 피하지 않기로 결심했다. 상처를 입겠지만 감수하기로 했다. 무조건 모든 공격을 다 피할 이유는 없었다.

때로는 전략적으로 어느 정도 허용할 배짱이 필요했다.

대신 비첼은 최대한 몸을 비틀며 피해를 최소화했다.

푸욱!

비첼이 몸을 비트는 바람에 검이 피부를 뚫고 들어가지 못하고 비켜졌다. 비첼의 등에 길고 긴 자상이 쭉 그어졌다.

하지만 그 순간에 비첼의 일격이 눈앞의 상대에 쏟아졌다.

설마 기습을 감수하고 공격해올 줄은 몰랐던 경비의 눈이 부릅떠졌다.

강렬한 일격이 쏟아졌다.

경비가 급히 검을 들어 올렸지만…….

카카캉!

불꽃이 튀더니 검이 그대로 반쪽이 났다. 경비의 눈동자에 점점 커져가는 도끼날이 그가 본 마지막이었다.

"후읍, 흡."

등에서 느껴지는 고통에 비첼은 살짝 인상을 찌푸렸다.

"으으으……!"

단숨에 기사급 무인을 세 명이나 죽인 비첼의 모습에 겁에 질린 것일까.

홀로 남겨진 경비가 뒤로 주춤 물러났다.

비첼은 그를 내버려둘 생각이 없었다.

두려움에 휩싸인 적은 결코 무서운 상대가 아니었다. 비첼은 몸을 날렸고 휘둘렀다. 상대는 얼마 버티지 못하고 목이 잘려 나갔다.

"후우. 힘들군."

땀이 절로 나오고 힘이 많이 소진되었지만 비첼은 만족스러웠다. 저번에는 싸우기 보단 도망치는 것을 택할 정도로 비첼의 실력이 부족했었다.

그러나 시간이 지나며 계속 이미지 트레이닝과 전쟁을 겪어온 비첼은 또 한 번 발전되어 있었다.

그는 시체들을 한 번씩 보고는 지하로 내려갔다.

남들이라면 결코 들어가고 싶지 않는 백색의 방.

비첼의 발걸음이 그곳으로 향했다.

지하는 깊은 곳에 있었다.

한참을 내려가던 비첼은 뒤에서 쏘아지는 살기에 급히 도끼를 휘둘렀다.

카카캉!

"……!"

혼신을 다한 일격이었는지 비첼도 팔이 저릿해지는 걸 느꼈다.

"눈에 익은 놈이군."

"네놈이 여길 다시 들어오다니. 정녕 죽으러 온 것이구나!"

비첼에게 다시 한 번 검격이 쏟아졌다. 지하에 있던 경비는 다름 아닌 마르친이었다.

친한 친우이자 동료였던 치르스키가 죽은 이후 마르친은 복수심에 타올랐다.

치르스키를 죽인 사람은 비첼이 아니었지만, 어깨를 부상당해 밖으로 나가던 도중에 실종되어 시체만 발견됐다. 어쨌거나 죽게 만들었던 원인은 비첼이 있었다. 마르친은 그런 비첼에게 복수를 하고자 원했었다.

"고맙구나. 여기에 와주다니. 반드시 네놈을 죽여 친구의 한을 풀어주겠다!"

마르친은 기세 좋게 검을 휘둘렀다.

그러나 지나친 복수심에 휩싸였는지 그의 검은 성급했고 뭔가 모잘라 보였다. 그런 적을 상대하는 건 비첼에게 일도 아니었다. 냉정한 상태로 싸워도 비첼을 이기기 어렵거늘…….

비첼은 싸늘하게 웃었다.

"너도 친구의 곁으로 보내주마."

* * *

마르친마저 죽인 비첼을 막을 것은 더 이상 없었다.

백색의 방을 지키는 일곱 명의 경비는 모조리 비첼의 손에 목숨을 잃고 말았다.

비첼은 천천히 걸음을 옮겼다. 수많은 문들이 보였다.

하나같이 악명이 높은 백색의 방으로 들어가는 문이었다. 비첼의 눈이 싸늘해졌다. 저 안에서 처음엔 얼마나 고통스러웠던가. 천하의 비첼도 무너졌을지도 몰랐다.

그런 그에게 큰 도움을 준 사람이 있었다.

백색의 방이라는 위기를 기회로 만들어준…….

한참을 걸어 나간 비첼은 한 문 앞에서 멈췄다. 안에서 미세한 기척이 느껴졌다.

비첼은 도끼를 들어 문을 단숨에 부셨다.

콰르르릉.

문이 부서지고 먼지가 자욱하게 피어올랐다.

그런 먼지구름 사이로 비첼은 한 노인을 보았다. 새하얀 백발을 바닥까지 늘여오는 초로의 노인의 눈을 감고 좌정해 있었다. 그런 노인의 입가에 희미한 미소가 맺혔다.

"왔는가?"

익숙한, 늙수그레한 음성.

다 죽은 듯 보이는 노인이지만 목소리엔 힘이 있었다.

비첼은 저도 모르게 바닥에 머리를 찧으며 절을 했다.

"그간 격조하셨습니까. 싱그레이 님."

"그래……. 여기에 어쩐 일이냐."

"때가 왔습니다."

"……."

때가 왔다는 말에 싱그레이는 빙그레 웃을 뿐이었다.

비첼은 마지막으로 한마디를 덧붙였다.

"이제 세상으로 다시 나오십시오. 로스트 왕가에서 싱그레이 님을 찾습니다."

로스트의 절대무인으로 드높았던 명성.

로스트 제일의 검 이전에 있던 절대무인이 세상에 나오게 됐다.

*　　　*　　　*

케로나 산맥은 로스트의 척추였다.

최북단에서 최남단까지 이어진 산맥은 로스트를 동서의 경계를 나누었다.

물론 산맥 자체가 험하지는 않았다.

충분히 사람이 살 수 있고, 산맥을 쉬이 통과할 수 있을 정도였다.

그러나 가장 중심부에 있는 산맥답게 수많은 산맥이 마치 나뭇가지처럼 쭉쭉 뻗어 로스트 곳곳에 산이 없는 곳이 없을 정도였다.

로스트의 대표적인 천혜의 요새인 카이로가 왜 산맥으로 둘러싸였는지 알 수 있는 대목이다.

그런 케로나 산맥에 특정 무리의 사람들이 일제히 집결하고 있었다.

“별로 험하지 않군. 야만의 숲이 훨씬 험해. 나무도 그리 높지 않고 말이야.”

“이보쇼. 야만의 숲하곤 비교하지 마시오. 애초에 거기 나무들이 비정상적으로 높은 거니까.”

눈살을 찌푸리며 불만스럽다는 듯한 사내는 약간 이질적인 외모였다.

눈동자 색은 짙은 갈색이었고 피부색도 하얀색이 아니라 약간 황색빛이 감돌았다. 그런 이질적인 외모는 퉁명스럽게 말하던 사내하고 확연히 비교가 되는 것이었다.

“그래, 론만. 우리 오함족이 해야 할 일은 무엇인가?”

사내의 외모가 이질적인 이유가 밝혀졌다. 사내는 로스트인이 아닌 대륙인들이 흔히 야만족이라 부르는 오함족이었다. 그리고 그는 오함족의 두뇌로 알려진 모모호크였다.

론만이라 불린 사내는 과거 비첼이 북방 영지를 탈환할 때 오함족과 함께 싸웠던 선발대의 대장이었다. 오함족과 어느 정도 친분이 있는 터라 이번 일에 그가 적격이었다.

“다른 건 없소. 북방에서 남녘까지. 이것이 우리의 작전명인데, 오함족은 케로나 산맥을 중심으로 보급선을 유지하고 곳곳에 흩어진 제국 주둔군을 공격하면 되오.”

“그것이 전부인가?”

“그렇소.”

"이상하군. 우리 숫자로는 부족하다."

론만이 무슨 말을 하냐는 듯 그를 쳐다봤다. 모모호크는 눈을 가늘게 뜨며 얘기했다.

"동부오함과 북부오함을 모조리 통일 시켰지만 우리가 당장 가용할 수 있는 전사들은 오천이다. 물론 이런 산과 숲에서 오함족의 활동영역은 더없이 커지지만… 애초에 오천이란 숫자로 산맥 전체를 커버하는 것은 어렵다."

"걱정하지 마쇼."

"너희의 지원 병력도 고작 이천이지 않은가?"

"숫자는 계속 증원될 것이외다."

"자세히 설명을 해봐."

다른 오함족 같았으면 단순하게 '그래, 알겠다.' 정도로 넘어가겠지만 모모호크는 아니었다. 그가 괜히 오함족의 두뇌로 불리는 이유가 있었다.

옷을 제대로만 입히고 얼굴을 살짝만 가린다면 대륙인으로 봐도 무방할 정도였으니까.

"산맥 곳곳엔 수많은 화전민 마을이 많소. 또 굳이 화전민 마을이 아닌 크고 작은 마을도 곳곳에 분포해 있소. 우리는 여기에 격문을 뿌리고 병사들을 모을 것이오."

"음. 강제로 징집할 것인가?"

"아니. 그렇지는 않을 것이요. 우리가 절체절명의 위기에 몰렸다면 모를까. 스스로 창칼을 든 사내들만 받아들일 것이오."

"그 숫자가 많을 거라고 생각하나?"

날카로운 질문이었다.

또 모모호크의 입장에서는 당연한 질문이었다. 스스로 전쟁에 뛰어들겠다는 사람들이 얼마나 많을까.

그러나 론만은 그저 싱긋 웃었다.

"지금 로스트는 불길에 타오르고 있소."

"불길?"

"5년 동안 나라 잃은 백성이라는 설움에 지친 이들이오. 근데 지금 창칼을 들면 나라를 되찾을 수 있소. 무엇이 두렵겠소?"

"……."

"난 믿소. 그리고 당신도 믿으시오. 얼마 안 되 수천, 아니 수만에 이르는 병사들이 나타날 것이오. 비록 훈련을 받지 못해 오합지졸이라고 하더라도… 그 정신력만큼은 세상 어느 강병도 두려울 것이 없을 것이오."

그렇게 말하는 론만의 목소리는 잘게 떨렸다.

드디어 때가 왔음을 느낀 것이다. 언제고 바랐던가. 지금 이 순간을.

그런 모습을 보며 모모호크는 고개를 끄덕였다.

"무얼 그리 생각하는 것이야. 우리는 그냥 싸우기만 하면 되는 일 아닌가?"

그때 호탕한 목소리가 들려왔다. 모모호크는 급하게 고개를 조아렸다. 산만 한 덩치를 가진 사내가 자기 허벅지만 한 거대한 직도를 든 채로 쿵쾅거리며 다가왔다.

"오셨습니까, 칸이시여."

"모모호크. 우린 전사들이다. 한때 우리 일족을 죽이고 우리의 것들을 빼앗고 터전을 짓밟던 제국을 상대로 싸우는 것이다. 무얼 그리 재는가?"

"아닙니다. 칸이시여."

"우린 싸우면 된다. 그게 바로 오함족이다."

모모호크는 더욱 고개를 조아렸다.

취라타 칸은 슬쩍 고개를 돌려 론만을 바라보았다. 모모호크에게는 통명스럽게 대하던 론만이었지만 취라타 칸 앞에서 감히 그럴 수는 없었다.

그는 통일 오함족을 이끄는 수장이자 적수를 찾아보기 어려울 정도로 강력한 무인이었으니까.

"어디부터 공격하면 되나?"

"여기 지도가 있습니다. 저희가 표시를 해놓았습니다. 대부분 제국군은 오백에서 일천의 병력이 흩어져 있습니다. 산속이라 가장 큰 규모의 군사도 고작 이삼천에 불과합니다. 오함족의 전사들이라면 충분히 가능할 거라 봅니다."

"우리 전사들이라면 가능하지. 그런데 보급선을 지켜야 하면 얼마나 많은 전사가 필요한가?"

"보급선 유지에는 저희의 병사 2천명이 함께할 것입니다. 그렇기 때문에 오함족도 1천 정도의 전사만 내어주신다면 되지 않을까 싶습니다."

"그래. 3천이라면 충분하다."

론만의 공손한 대답이 마음에 들었는지 춰라타 칸은 웃으며 고개를 끄덕였다.

사실 산맥으로 보급선을 유지하는 전략은 오함족이 있기에 세울 수 있었다.

케로나 산맥은 로스트를 관통했고, 케로나 산맥으로부터 뻗어져 나오는 수많은 지류들은 로스트 곳곳에 닿았다. 고로 산맥을 이용하면 완벽한 보급을 이룰 수 있다.

다만 긴 보급선이기 때문에 지키기 위해선 병사들이 많이 필요했다.

병사가 부족한 부흥군으로서는 심각한 문제.

그러나 오함족의 존재가 그것을 말끔히 해결했다.

오함족 전사들은 모두 나무를 잘 탄다. 비첼을 애먹일 정도로 나무 타는 실력이 뛰어난 그들은 흡사 원숭이와 같았다. 뿐인가? 그들의 활솜씨는 비첼도 인정한 것들이었다.

아무리 뛰어난 병사들이어도 산속에서는 걸음이 느려진다.

그러나 오함족의 전사들은 평지보다 오히려 배는 더 빠르게 움직일 수 있다.

일천의 전사들만 보급에 동원되어도 그 위력은 수천에 이르는 병사에 맞먹으리라.

또 걱정할 것도 없다.

론만이 앞에서 말했듯이 병사들은 계속 증원되리라.

격문을 읽고 일제히 일어서는 백성들이었다.

지금까지 때를 기다리고 지하에 숨었던 수많은 조직들도 일제히 일어서서 반격을 시작하고 있다.

지금… 전쟁은 시작된 것이다.

Chapter 10
류블로프의 반격

뒤숭숭하기 짝이 없었다. 로스트 전역에서 들끓고 일어나는 민초들에 의해 총독부는 비상이 걸렸다.

통행을 금지하고 검문을 강화했지만 소용없었다.

당당히 거리로 쏟아져 나와 시위하는 백성들이 도시마다 가득했다.

그뿐만이 아니었다. 창칼을 들고 부흥군에 속속 합류하는 숫자도 물경 만 단위에 이르렀다. 곳곳에서 일어난 부흥군 병력이 일제히 집결하고 있었고, 북방에서는 칼칼로 영지를 비롯한 북방 영지들이 저들의 손에 떨어졌다는 소식이 전해졌다.

"……."

총독관저에는 싸늘한 냉기로 가득했다.

류블로프는 북방에서 온 상자를 보고 무표정했다.

상자 안에는 사람의 목이 들어가 있었다. 혹여 부패될까 봐 친절하게도 북방 설원에서 나는 얼음으로 봉인되어 있었다.

"이 목의 주인이 누군가."

"칼칼로에 부임했던 베트랑의 목입니다."

"……."

류블로프는 아무런 말을 하지 않았다.

무표정해 보이는 그의 얼굴엔 아무런 감정이 나타나지 않았다.

그렇다고 그가 분노를 참고 있다는 것이 아니었다.

오랫동안 류블로프의 곁을 보좌해온 중년인은 알고 있었다.

류블로프는 오히려 화가 나면 소리를 지르고 열을 냈지, 저토록 무표정했을 땐 진심으로 분노가 폭발했다는 것을 의미했다. 류블로프가 저런 표정을 지을 때 여지없이 큰일이 벌어지곤 했다.

"북방 영지들이 떨어졌다?"

"…예. 칼칼로를 비롯해 북방 일곱 영지가 반군에 떨어졌습니다."

"어이가 없군. 하루만에?"

원군을 요청할 시간도 없었다.

류블로프가 받은 보고는 북방 영지가 공격받았다, 그리고 그날 밤 함락됐다. 라는 짧은 두 문장이었다.

하루 만에 북방 일곱 영지가 함락됐다니…….

이해할 수 없는 노릇이었다.

"아무래도 오래전부터 저들의 영역에 들어갔던 것 같습니다."

"그러면 우리가 모피를 거래했던 베트랑은 누구였나. 우리와 서신을 주고받았던 북방 관리자들은 누구였나."

"…면목 없습니다."

"우습군."

류블로프는 피식 웃으며 의자에 머리를 기댔다.

지금까지 수없이 북방과 연락을 해왔다. 부흥군의 끈이 아무래도 북방에 닿아 있기 때문이다. 그래서 북방 관리자들에게 부흥군의 근거지를 찾아내라 여러 번 다그쳤었다.

그러나 그것이 모두 소용없었다.

총독부에서 다그쳤던 관리자들은 이미 죽어 없었다. 이렇게 베트랑처럼. 이미 북방 영지들은 저들의 손아귀에 들어가 있었던 것이다.

코앞까지 검이 찔러왔는데 그걸 몰랐다.

류블로프는 허탈한 심정마저 들었다.

"그래. 삼왕자는 어떤가."

"군사를 이끌고 도시 국가 연합군과 힘을 합쳐 도시 국가 로스라를 수복했습니다. 곧바로 정비를 마친 후 로스트의 남부국경지대에 열흘 안으로 돌입할 것으로 예상됩니다."

"도시 국가 연합의 반응은?"

"크게 고조됐습니다. 아무래도… 부흥군과 동맹을 맺은 듯합니다."

"그러면 국경지대에 돌입한 적병의 군세는 어느 정도로 예상되는가?"

"대략 12만 안팎의 로스트 병사와 4만의 연합군으로 예상됩니다. 총 16만의 병력이 현재 정보부의 예측입니다."

"16만……."

류블로프가 16만이란 숫자를 되뇌었다.

결코 적은 숫자가 아니다. 아니, 엄청난 대군이다. 붉은 제국으로서도 한 번에 일으키기엔 부담이 따를 수밖에 없는 대군이다.

"막을 수 있나?"

"……."

중년인은 대답하지 못했다. 말을 망설였다. 류블로프는 괜찮다는 듯 고개를 끄덕이며 대답을 재촉했다.

"로스트 곳곳에 배치된 제국군을 모아 방어에 나서면 막을 수 있습니다. 그러나… 지금 로스트 전역에서 발생하는 소요사태를 진압하기도 어려운 실정입니다."

"엎친 데 덮친 격이군."

입맛이 썼다.

전국에서 일어나고 있는 소요사태를 진압하기 위해 주둔군이 바쁘게 오가고 있었다.

그러면서 주둔군도 쉴 틈 없이 공격을 받았다. 곳곳에서 일어난 부흥군 조직들이 일제히 공격을 가해왔던 것이다. 그런 이유로 주둔군이 현재의 위치를 벗어나기는 어려웠다.

뿐만 아니라 산간지대에서는 대대적인 공격이 계속 이어져 벌써 2만에 달하는 제국군이 실종되거나 사망했다.

"현재 케로나 산맥으로 벌어지는 적들과의 게릴라 전투로 피해가 큽니다. 산맥을 타고 움직이는 적들을 소탕하기 어려울 뿐만 아니라 워낙 적은 숫자의 병력이 분산배치되다 보니 각개격파 당하고 있습니다. 문제는… 이런 게릴라전을 수행하는 적병이 로스트 부흥군이 아니라는 점입니다."

"… 그게 무슨 소린가?"

이해 안 될 말에 생뚱맞았다고 느낀 류블로프의 눈이 가늘어졌다.

로스트 병사가 아니면 지금 게릴라전을 벌이며 산간지대를 쑥대밭으로 만드는 적병들은 누구란 말인가.

중년인은 더욱 면목 없다는 듯 고개를 숙이며 대답했다.

"전투를 치른 보고에 따르면… 북방에서나 볼 수 있는 야만족들인 오함족이라고 합니다."

"……"

이해가 되지 않았다. 류블로프는 진심으로 지금 돌아가는 상황이 이해되지 않았다.

"어렵군, 어려워."

류블로프는 일이 정말로 심각함을 느꼈다.

오랜 전쟁을 경험하며 군부를 휘어잡은 권력자!

생각도 못할 계책으로 전쟁을 승리로 이끌었던 승부사인 그는 지금 인생 전체를 통틀어 최악의 위기라고 생각했다.

"우리는 지금 위기다. 어쩌면 로스트를 이대로 놓칠 수도 있는 절체절명의 위기다."

냉정하게 지금 상황을 터놓고 말하는 류블로프. 중년인도 그렇다고 여겼는지 미미하게 고개를 끄덕였다.

"지금의 상황을 타개할 계책이 있나?"

"……"

중년인은 대답하지 못했다.

너무나 심각한 상황은 이미 전세가 기울어지고 있었다.

아무리 적들이 오합지졸이라고 한들……내부에서 싸우고 외부에서 파도처럼 밀려온다면 강대한 제국도 버티기 어렵다.

중년인은 한참 생각을 하더니, 조심스런 기색으로 입을 열었다.

"황실에 도움을 청하는 것이……."

"해봤다."

"……!"

중년인의 얼굴에 놀란 빛이 어렸다.

류블로프는 그 누구보다 자존심이 강한 사내였다. 전쟁에서 공을 세워 군부의 수장이라는 입지전적인 기록을 세운 그는 수도의 귀족들을 무척이나 싫어했다. 그래서 어떤 힘든 일이 있어도 도움을 청한 적이 없다. 그건 황실도 마찬가지였다. 황실에 도움을 청하면 결국 수도 귀족들이 알 수밖에 없을 테니까.

그런 류블로프가 먼저 도움을 청했단 얘기에 중년인은 저도 모르게 몸을 떨었다.

'정말로… 어려운 상황이로구나!'

그랬다.

류블로프가 대쪽같은 자존심을 굽힐 정도로 심각한 상황이었다.

하나 이내 중년인의 얼굴이 어두워졌다.

도움을 청했지만 이렇게 고민하고 있다. 즉, 도움을 받지 못한다는 얘기였다.

"수도에서도 난리가 났다고 하더군. 수도 귀족들이 일제히 들고 일어서 날 탄핵시켰다."

"그런……!"

"무리한 전쟁을 일으키고 결국엔 모든 걸 다 말아먹었다고 아주 지랄을 한다는구나."

"……."

"황제 폐하께서 날 어떻게든 대변해 주시지만……. 아무래도 힘든 것 같다."

중년인의 얼굴이 충격으로 크게 떨렸다.

무소불위의 권력을 휘두르는 황제도 모든 걸 다 할 수는 없다.

수도에는 오가문이라 불리는 개국공신 가문이 있었고, 그 가문은 황제도 무시하지 못할 정도로 큰 힘을 갖고 있다. 그런 오가문을 비롯해 귀족들이 일제히 류블로프를 탄핵했다.

자칫하면 류블로프는 총독의 자리에서 박탈당할 위기였다.

"후. 방법은 하나군."

"…계책이 있습니까?"

"그자를 불러오게."

"그자라면……."

"수메리안 말이야."

"…알겠습니다."

중년인이 고개를 숙이며 밖으로 나갔다. 홀로 남겨진 류블로프.

그의 눈동자에서 진한 독기가 흘러나왔다.

"누가 이기나 보자."

*　　*　　*

다시 코호몽을 거쳐 에페르넨으로, 그리고 연합군과 삼왕자의 군사들이 수복한 로스타로 들어온 비첼은 곧바로 삼왕자를 찾아갔다.

삼왕자를 찾아가는 그의 옆에는 싱그레이가 있었다.

"크흠. 이제 난 그저 늙은이에 불과한데, 내가 필요한가?"

"필요합니다."

"자네만 해도 쓸 만하고 삼왕자 저하의 곁을 지키기에 충분할 텐데……."

"해야 할 일이 많아서요. 언제까지고 곁에서 삼왕자 저하를 지킬 수는 없습니다."

"끄응. 늙어서도 부려먹으려고 하는군."

싱그레이가 앓는 소리를 내며 인상을 찌푸렸다.

그렇지만 그게 마음에도 없는 소리라는 걸 비첼은 잘 알았다. 싱그레이의 나이는 백세가 넘어가지만 아직도 정정했다. 그 험하기 짝이 없는 코호몽의 협곡을 지치지도 않고 내려왔다. 오히려 비첼보다 체력이 월등했던 것이다.

또한 오랫동안 검을 잡지 않았다고 한들, 그는 이미 경지에 오른 무인.

범인이 판단하기에는 너무나 대단한 사람이다.

더구나 삼왕자가 직접 싱그레이를 원했다.

비첼과 싱그레이는 연합군 기사들의 검문을 받고 안으로 들어설 수 있었다.

"왔는가."

들어서자 삼왕자 뉴델라가 반갑게 맞아줬다.

비첼은 허리를 숙이며 인사했다.

"저하. 저하의 명을 받아 싱그레이 님을 모셔왔습니다."

"그래, 잘했네. 어서 오십시오, 싱그레이 경. 어렸을 때 본 적이 있었던 것 같았는데, 이리 와주셔서 정말 고맙습니다. 정말 고마워요."

"과례가 심하십니다, 저하. 말씀을 편히 하시지요."

싱그레이가 황송하다는 듯 고개를 숙였다. 그러나 삼왕자도 감히 그를 가볍게 여길 수는 없었다. 삼왕자가 태어나기도 전에 싱그레이는 조정에서 요직을 맡았던 전대의 인물이었다.

삼왕자가 아주 어린 시절에도 싱그레이는 갑옷을 입고 국왕의 곁을 지켰었다.

그때의 기억이 선명한 삼왕자는 싱그레이에게 말을 높였다.

"아니요, 그럴 순 없습니다. 아버지를 곁에서 지키시던 어른이 아닙니까. 이렇게 와주셔서 고맙습니다. 정말 고마워요."

"당연히 와야 할 일입니다. 비록 늙고 미천하고 병든 몸이나 로스트에서 원한다면 이 늙은 몸 바칠 각오가 되어 있습니다."

싱그레이는 충신이었다.

제국의 위협 속에서도 굴복하지 않고 싸웠고, 결국엔 백색의 방에 갇히게 된 인물이었다.

그의 제자인 수메리안과는 달리 싱그레이는 나라를 위해 싸울 각오가 되어 있었다.

그런 모습에 삼왕자는 감동을 받은 듯 눈에 이슬이 맺혀 있었다

"이제야 뭐가 이루어지는 것 같습니다. 우리 로스트가 이제야 모습을 갖춰가는 것 같아요."

"반드시 우리의 땅에서 제국을 몰아낼 것입니다. 저하."

"그럼요. 그렇고말고요."

삼왕자는 두 주먹을 꽉 쥐었다.

절대무인으로 불렸던 싱그레이까지 일어난 이상, 더 이상 두려울 것은 없었다.

그를 따르는 수만의 군사와 백성들이 있었다.

이제는 진격할 날만이 남았을 뿐이다.

* * *

어두운 밤.

총독부가 있는 수도의 길거리는 쓸쓸한 바람만이 있었다.

격문이 뿌려진 이후 수도에 있는 5만의 군사들은 수도를 철통같이 감시했다. 수도 안으로 들어설 수도, 나갈 수도 없었고 6시만 되면 모든 거리의 통행이 금지되었다.

그건 어느 신분을 막론하고 통용되는 사실이었다.

부흥군의 위협이 턱밑까지 온 이상, 총독부가 있는 수도도 안전하지가 않았던 것이다.

그런 수도의 밤거리를.

통행이 금지돼 순찰을 도는 병사와 기사들만 있는 곳을.

한 사내가 걸어왔다.

저벅저벅.

발걸음 소리가 유난히 크게 들릴 정도였다.

순찰을 돌다 사내를 발견한 기사가 앞을 가로막았다.

"정지. 지금은 통행이 금지되어 있다. 신분을 밝혀라."

"……."

사내는 말이 없었다.

기사의 표정이 일그러졌다. 안 그래도 곳곳에서 부흥군이 발호하고 있다. 수도 내부에도 부흥군이 없으리라고 장담하지 못한다. 그런 상황에서 지금 사내의 행색은 수상스러웠다.

사내를 한번 훑어보던 기사는 그의 등에 걸린 대검을 보았다.

"무기를 들고 있느냐? 네 이놈! 무기를 바닥에 내려놓아라!"

무기 소지는 비상령이 내려진 지금이 아닌 평시에도 금지되어 있던 것이다.

근데 당당히 무기를 들고 다니다니…….

수상한 사내가 더욱 의심스러워진 기사는 검을 뽑아 들었다.

여차하면 그대로 벨 생각이었다.

총독부에서는 검문에 반항하면 즉시 사살해도 좋다는 명령을 내려뒀던 상황이었기 때문이다.

"정녕 죽고 싶은가!"

"…버려라."

"뭐라?"

"검을 버리는 게 좋을 거다."

"…이놈이!"

무뚝뚝한 음성.

그러나 소름이 끼칠 정도로 차가웠다. 기사는 눈에 불을 켜며 검을 쭉 찔렀다. 단숨에 가슴을 꿰뚫을 정도로 강력한 힘이 검 끝에 실렸다.

기사는 검이 사내를 관통하리라 믿어 의심치 않았다.

그러나……!

사내가 손바닥으로 검을 막았다.

그 순간 이해할 수 없는 힘이 검을 부서뜨렸고 그 힘이 기사의 손목을 타고 전해졌다.

우드득!

엄청난 반탄력이 손목을 우그러뜨렸다. 그리고 팔뼈를 부수어버렸고, 어깨뼈까지 박살냈다.

"으아악!"

비명!

어두운 밤을 울리는 비명에 순찰 돌던 기사들과 병사들이 일제히 모여들었다.

채채채챙!

기사들과 병사들이 급히 무기를 꺼내들었다.

그들의 눈에 보이는 장면.

고작 손으로 무기를 든 기사를 제압한 사내의 모습이 눈에 들어왔다.

순찰대장을 맡고 있는 기사 소치 경의 동공이 거세게 흔들렸다.

'고수다! 그것도 엄청난 고수! 도대체 저런 고수가 어디서 나타났단 말인가?'

소치의 눈썰미는 대단했다.

아니, 눈썰미가 없다고 해도 알아볼 수 있었다. 사내는 엄청난 실력을 지닌 고수임을 말이다. 소치는 주위를 둘러보았다.

스무 명의 기사와 백 명의 병사들이 보였다.
이 정도라면 어떤 고수가 와도 이길 수 있다.
그런데 소치는 이상하게도 그런 기분이 들지 않았다.
그러다가 퍼뜩 드는 생각이 있었다.
'설마……?'
총독부에서 내려왔던 명령이 있다.
곧 로스트 제일의 검이라 불리는 자일론의 검사가 올 거라고.
소치의 눈동자가 사내에게 향했다.
소치는 최대한 정중한 어투로 물었다.
"혹시… 자일론의 검사이십니까?"
그러자 무표정했던 사내의 얼굴에 변화가 생겼다. 사내는 고개를 돌려 소치를 바라보았다.
'무슨 눈빛이……!'
단지 눈을 본 것인데 온몸에 소름이 돋았다.
"그래. 내가 자일론의 검사다."
"……!"
"몰라뵈서 죄송합니다. 제가 안내해드리겠습니다."
소치는 검을 거둬들이며 허리를 깊이 숙였다. 수메리안은 그런 대접을 받는 것이 당연하다는 듯이 오만한 얼굴로 뒤따랐다.
자일론의 검사, 수메리안.

그가 총독부에 도착했다.

“어서 오시게. 수메리안.”

류블로프는 수메리안을 반겼다. 수메리안은 오만한 눈빛으로 그를 쏘아보더니 한쪽 소파에 털썩 앉았다. 그런 태도에 류블로프의 옆에 있던 중년인의 눈에 불똥이 튀었다.

“후후후. 꽤나 급했나보군. 찾자마자 이렇게 나타나시다니.”

“류블로프.”

“오랜만인데 차라도 한 잔 하겠나?”

“넌 나에게 거짓말을 했다.”

“거짓말?”

수메리안의 싸늘한 목소리에도 류블로프는 여유를 잃지 않았다.

자일론의 검사를 앞에 두고 여유를 부리는 류블로프의 배짱도 장난이 아니었다.

“삼왕자의 신병은 나에게 주겠다고 하지 않았던가?”

“아아아. 그거? 그랬지.”

“그런데 어째서… 삼왕자가 전장에 나타난 것인가.”

수메리안은 그러면서 살기를 쏘아 보냈다.

그러자 방 안은 숨이 막힐 것 같은 살기로 가득 찼다. 어린아이나 늙은 노인들은 단지 살기만으로도 죽어버릴 듯한…

그런 가공할 힘이었다.

그때 중년인이 손을 한 번 휘저었다.

파앗!

"……?"

"로스트 총독 각하이십니다. 어느 정도 예를 갖추시지요."

놀랍게도 방 안을 잠식하던 살기가 손짓 한 번에 사라졌다. 살기를 내뿜던 수메리안의 얼굴에 이채가 서렸다. 그의 시선이 중년인에게 쏟아졌다.

"넌 누구지?"

"총독 각하를 보좌하는 비서입니다."

"한낱 비서가 내 살기를 단숨에 쳐냈다? 흠, 대단하군."

수메리안의 말에는 가시가 돋쳐 있었다. 그러나 중년인은 묵묵히 그를 노려볼 뿐이었다.

그때 류블로프가 차를 잔에 따르며 말했다.

"미안하지만 난 당신에게 거짓말을 한 적이 없어."

"……."

"우리도 삼왕자의 신병을 확보했고 들인 노력이 한둘이 아니네. 적당히 이용해먹으려고 했지. 그리고 그 이후에 당신에게 넘기려고 했단 말이야."

"넌 그때 나에게 말했다. 류블로프. 로스트 마지막 핏줄은 내 손으로 처단하게 해주겠다고."

"그래. 그런데 그놈이 부흥군과 짜고 일을 이렇게 벌일 줄은 누가 알았겠어?"

류블로프는 차를 홀짝였다.

뜨거운 차를 음미하는 그의 얼굴은 평화로웠다. 알 듯 모를 듯한 류블로프의 얼굴에 수메리안의 얼굴이 구겨졌다.

"날 왜 불렀지?"

"이제 약속을 지켜주려고."

"뭐?"

"삼왕자를 처단해주겠단 약속. 그거… 해주마."

"……!"

"가서 삼왕자를 죽여라."

수메리안은 말없이 류블로프를 노려보았다. 류블로프 역시 지지 않고 수메리안을 노려봤다. 두 명의 걸출한 위인의 시선이 허공에서 맞부딪쳤다.

"훗, 우습군. 결국 살기 위해 삼왕자를 죽이겠다는 것이군."

"어쩔 수 없거든. 삼왕자가 살아 있는 한 이 빌어먹을 사태는 계속 일어날 거란 말이지."

"그래. 나야 좋다. 어차피 난 그 저주받은 핏줄만 처단하면 그만이니까."

"좋아, 좋아. 시원하니 참 좋군. 참 저 친구도 같이 가줘."

"…뭐라고?"

수메리안의 시선이 비서라고 소개했던 중년인에게 닿았다.

"날 못 믿는 것인가?"

"아니, 감시하는 거야. 그리고… 혹시나 만약에라는 것이 있잖아."

"웃기는군. 날 막을 자는 없다."

수메리안은 오만했다.

그러나 그는 오만할 자격이 충분했다. 로스트뿐만 아니라 제국에서도 그를 감당해낼 무인은 거의 없다. 그만큼 수메리안의 무력은 경천동지할 만한 것이었다.

하나… 류블로프는 완벽을 추구했다.

더 이상의 변수는 없어야 했다.

그는 반드시 삼왕자를 죽여야 했고, 어떻게든 성공해야 했다.

그래서 애초에 변수의 가능성을 없애기 위해 중년인을 보내는 것이다.

"걱정 마. 네가 죽이도록 내버려둘 거야. 저 친구는 신경 안 써도 돼."

"난 저 녀석이 죽든 말든 신경 안 쓴다."

삼왕자를 죽이는 일은 의외로 힘들지도 모른다. 그는 16만의 병력에 둘러싸여 있으니까. 아무리 수메리안이 초인의 경지에 오른 무인이더라도 칼 맞으면 죽는 법이다. 수만의 병사에 둘러싸이면 수메리안도 살아날 가망은 없다.

그러자 류블로프가 재밌다는 듯 킥킥 웃었다.

"걱정하지 말라고. 저 친구도 한가닥 하는 친구니까."

"……."

수메리안은 눈을 가늘게 뜨며 중년인을 바라보았다. 류블로프의 말처럼 실력이 있는 인물이었다. 하지만… 조금은 께름칙한 기분이 들었다.

'뭐, 상관없겠지.'

수메리안은 고민하지 않았다.

어찌됐든 좋다.

그는 그저 삼왕자를 죽이면 그것에 만족하니까.

"그럼 당장 움직이지."

"고맙군."

"이젠 우리의 거래는 끝이군."

"그래. 당신이 이제 뭘 하든 상관없어. 굿바이라고, 굿바이."

"그동안 지겨웠다, 당나귀."

"…이런."

수메리안은 그렇게 말하며 방을 나갔다.

그 뒷모습을 바라보던 류블로프의 입에서 방금 전까지와는 다른 싸늘한 목소리가 튀어나왔다.

"이제 시작해, 빅토르."

"명을 받듭니다."

빅토르.

아마 누군가 그의 이름을 들었다면 입을 쩍 벌렸으리라.

제국을 공포로 떨게 했던 최강의 어쌔신.

단 한 번도 목표물을 놓치지 않았던 최악의 암살자.

류블로프의 보좌관이자 비서였던 중년인이 바로 그 빅토르였다.

자일론의 검사와 제국 최강의 어쌔신.

류블로프의 반격이 시작됐다.

* * *

삼왕자와 비첼, 그리고 싱그레이는 연회에 참석했다.

연합군 수뇌부인 척 모리스가 주최한 이번 연회는 부흥군과 도시 국가 연합의 수뇌들 사이의 친목을 다지자는 의미도 있었고, 이틀 후 출정을 앞뒀기 때문에 병사들을 위무하는 차원의 의미도 있었다.

"연회가 만족스러웁니까? 삼왕자 저하."

"물론이요. 굉장이 마음에 듭니다."

"마음에 든다니 다행입니다. 이렇게 우리 SCSU와 로스트가 동맹을 맺어 제국을 함께 상대한다는 것이 정말로 전 기쁩니다."

"저도 같은 마음입니다."

척 모리스의 말에 삼왕자는 살짝 미소를 지으며 와인을 마셨다.

사실 로스타를 수복하자 SCSU에서도 말이 많았다.

굳이 제국과 전쟁을 계속 수행해야만 하는 회의적인 반응이 나온 것이다.

그러나 척 모리스를 비롯해 강경파들은 계속해서 제국과 싸워야 한다고 주장했다.

적어도 로스트에 머무르고 있는 제국군을 몰아내야 한다고 주장했다. 그래야만이 도시 국가의 안녕을 되찾을 수 있다며 말이다.

제국의 야욕이라면 언제든지 다시 도시 국가들을 노릴 것이라는게 그들의 생각이었다.

그래서 그들은 부흥군을 도와 로스트를 되찾을 수 있게끔 동맹을 맺었다.

로스트가 제국을 몰아내고 독립한다면 도시 국가는 로스트라는 괜찮은 우방이 생기게 되는 것이다. 그러면 제국의 침략이 있을 때 힘을 합쳐 무찌를 수 있다.

아무리 제국의 국력이 강하다고 한들, 끊임없는 전쟁의 연속으로 제국도 한계가 왔을 것이다.

더욱이 대표적인 부국(富國)인 도시 국가들이니 로스트와 힘만 합친다면 제국과 싸우는 건 문제가 아니었다.

그렇게 동맹이 맺어지게 되었고 이틀 후에 연합군 3만을 더해 총 16만의 병력이 로스트 남부로 진격하기로 결정 났다.

비첼은 서로 담소를 나누는 삼왕자와 척 모리스를 바라보다 이내 구석에서 술을 홀짝이는 싱그레이에게 다가갔다.

"왜 홀로 구석에 계십니까?"

"영, 시끄러운 게 마음에 맞지 않네."

"자리가 불편하십니까?"

"불편한 건 아니야. 백색의 방에 몇 년 동안 있어서 그런지 이런 상황이 되게 낯설어서 그러네. 그러고 보면 나도 늙었나 보군. 정말로."

"아닙니다. 싱그레이 님은 아직도 정정하신데요."

"예끼… 늙은이를 놀리는 게냐."

약간 취기가 도는 싱그레이는 영락없이 괴팍한 노인네가 되어버렸다.

비첼에게 가르침을 줄때의 근엄한 모습과는 영 달랐다.

그러나 그런 모습이 비첼은 오히려 마음에 들었다.

인간적인 냄새가 났으니까.

수메리안을 떠오르면 경지에 오른 무술 때문에 두려웠지, 결코 인간적이라고 느껴지지는 않았다.

하나 싱그레이는 인간적이었다.

"이틀 후 진군이 시작되면 이제 싱그레이 님도 싸워야 할 때가 올지도 모릅니다."

"으흠. 네놈이 삼왕자 저하의 곁에서 지켜만 달라 하지 않았느냐."

"전쟁은 모르는 것입니다. 적의 계략에 휘말려 대패해 군사를 잃고 도망치는 일이 일어날 수도 있지 않습니까."

"그래, 알겠다. 이래봬도 아직 한가락 하는 실력이니 걱정 말아라."

싱그레이가 그렇게 말하자 비첼도 빙그레 웃으며 뒤로 물러났다.

그는 연회를 즐기고 싶은 마음이 없었다.

아직도 그의 마음은 복잡했다.

'왜 복잡한 것이지?'

얼마 전 유니아스와 마법 통신을 했다.

그리고 그간 있었던 경과를 들었는데 아주 고무적이었다. 로스트 전역에서 백성들이 들불처럼 일어났고, 부흥군으로 지원하는 장정들의 숫자만 4만이 넘어간다는 얘기가 있었다.

뿐인가? 오함족의 활약으로 보급이 원활하게 이루어질 수 있게 되었고 지하에 숨어 있던 여러 조직들도 일어섰다고 했다.

상황은 고무적이었다.

그런데도 비첼은 마음이 복잡했다.

'이유가 뭘까.'

얼마 지나지 않아 이유를 알 수 있었다.

'불안하다?'

불안했던 것이다.

비첼의 마음속에 자리 잡은 복잡함의 근원은 바로 불안함이었다.

일이 너무나도 잘 풀리니 오히려 불안함이 들었다.

'그뿐인가? 일이 잘 풀려서 불안한 걸까?'

더 깊게 생각했다.

굳이 그것만으로도 불안하다고 여겨지는 것이라면 비첼이 아직 마음을 다스리는데 능하지 못하다는 것이다. 하나 비첼은 전쟁을 겪어오며 마음을 다스릴 줄 알았다.

"후. 모르겠군."

비첼이 머리를 휘휘 저으며 의자에 앉았다.

그는 복잡한 심사를 식히기 위해 시선을 돌려 무희들이 춤을 바라보았다.

어느새 무희들의 공연이 끝나고 칼든 병사들이 안으로 들어섰다.

그러자 그들 중심으로 기사단과 병사들이 경계하듯이 섰다.

무예를 뽐내기 위한 자리였다.

비첼은 눈에 이채를 띠고 그것을 바라보았다. 그도 무인인지라 이런 공연에는 관심이 갔다.

어느새 복잡했던 심사가 가라앉았다.

이윽고 공연이 시작되었다.

병사들은 그간 갈고닦은 무예를 마음껏 뽐냈다.

그러나 이내 비첼은 흥미를 잃고 말았다. 무예는 화려했으나 실속이 없었다. 그저 보여지기에만 좋은 외양에만 치장된 무예였던 것이다.

그렇게 비첼이 시선을 거두는 순간.

비첼의 시야에 무언가 잡혔다.

"음?"

수많은 군중들.

그리고 그사이에 보이는 낯익은 얼굴.

그 얼굴을 보자 비첼의 몸이 벼락을 맞은 듯 부르르 떨렸다.

"수메리안……!"

수메리안이었다.

그리고 비첼이 수메리안을 알아차리는 그 순간.

군중 사이에 있던 수메리안이 검을 꺼내들었다. 그리고 그는 땅을 박차 뛰어올랐다.

그가 떨어진 곳은…….

"안녕하신가. 삼왕자 저하."

바로 삼왕자가 있는 자리였다.

『영웅병사』 5권에 계속…

1 패도무혼
2 패도무혼
도검 新무협 판타지 소설 1
패도무혼